Les Girofliers de Zanzibar

Adam Shafi Adam

Les Girofliers de Zanzibar

Roman

Traduit du swahili
par Jean-Pierre Richard

Le Serpent à Plumes

Collection Motifs

MOTIFS n° 30

Titre original : *Kasri ya Mwinyi Fuad*
Première publication 1978 Tanzania Publishing House
Première publication en français 1986 Éditions Karthala

Illustration de couverture : © Karen Petrossian,
Olivier Mazaud, Bernard Perchey

N° ISSN : 1251-6082
N° ISBN : 2-84261-179-9

I

KIJAKAZI était née dans une famille d'esclaves. Tant son père que sa mère comptaient parmi les plus fidèles serviteurs du Seigneur Malik. Et Kijakazi, à leur instar, en devint à son tour l'esclave infiniment dévouée.

Orpheline dès son plus jeune âge, elle grandit persuadée que l'esclavage était son lot. Elle n'existait que pour donner satisfaction à son maître, prête à lui obéir au doigt et à l'œil.

L'épouse du Seigneur Malik aimait autant que son mari se faire servir par Kijakazi... Celle-ci n'en finissait pas d'aller et venir, et du matin au soir on l'envoyait à droite, on l'expédiait à gauche. Toujours une nouvelle course en train ! À peine rentrée d'une besogne, il lui fallait bien souvent repartir faire exactement pareil. Chez le Seigneur Malik elle n'avait pas une minute à elle.

Un jour il l'appela en lui criant dessus :

– Holà ! Va chercher la chèvre et lui donner son foin !

– J'ai déjà rentré la chèvre, Maître.

– Tu réponds, sale chienne ? Fais ce qu'on te dit de faire !

Elle n'avait pas encore fini d'exécuter ce premier ordre que Mme Maïmouna, l'épouse du Seigneur Malik, à son tour l'accabla de ses commandements :

– Kijakazi ! Viens là ! Va me monter de l'eau là-bas au puits ; j'ai envie d'aller me baigner. J'ai l'impression de puer la sueur.

– Ça y est, j'ai monté de l'eau, Madame ; mais je vais en remonter.

– Qu'est-ce que tu vas remonter ? Tu crois peut-être que l'eau du puits, c'est fait pour jouer avec ?

Kijakazi resta plantée dans la cour devant le palais de ses maîtres complètement décontenancée. Elle ne savait pas si elle devait rentrer la chèvre ou puiser de l'eau, tandis que le Seigneur Malik et Mme Maïmouna continuaient à vider leur colère contre elle et à la traiter de tous les noms…

Telle était la vie de Kijakazi : elle passait ses

journées à courir au service de ses maîtres qui ne l'en agressaient pas moins continuellement.

Et elle n'y trouvait rien à redire, car, dans son esprit, tel était le sort que le bon Dieu lui avait réservé. Dans la vie, pensait-elle, il lui incombait d'abord et avant tout de faire le maximum afin de satisfaire le Seigneur Malik et tous les siens. Elle détestait voir un seul membre de ladite famille mécontent, car elle s'estimait alors fautive et s'en voulait à mort.

Vaste et luxueux, le palais du Seigneur Malik, situé au milieu du domaine qu'il possédait à Koani, n'avait pas son équivalent aux alentours. Il comptait un nombre considérable de pièces que seuls fréquentaient le maître, son épouse et leurs domestiques.

Le salon du palais croulait sous des décorations d'une splendeur, d'un luxe exceptionnels. Des coussins de velours recouvraient de magnifiques sièges en ivoire sculpté ; accrochés aux murs, des portraits d'anciens monarques arabes, et sous l'un d'eux, une dague d'argent à lame courbe. Par terre s'étalait un immense tapis persan et dans un coin de la salle se dressait un coffre en tek sculpté, à gros clous de cuivre.

C'est là que Mme Maïmouna passait le plus clair de son temps, assise ou étendue sur l'un de ces fauteuils à coussin de velours. C'est là qu'elle se parfumait de musc et de mille autres onguents précieux.

L'édifice s'élevait au centre d'un domaine grandiose offrant une végétation des plus variées. Grâce à la fertilité du sol, grâce aux pluies abondantes et régulières, la plantation du Seigneur Malik ne perdait jamais de sa beauté. Quand les girofliers ne dégageaient pas encore l'exquis parfum de leurs fleurs, c'étaient les fruits les plus divers que les esclaves s'empressaient de récolter avant qu'ils ne se gâtent dans les vergers. Dans les vallées le riz poussait à profusion. Et le spectacle de ces multiples cultures causait à Kijakazi une joie profonde. Il ne lui en revenait pourtant strictement rien !

Des soucis incessants, des problèmes innombrables avaient assombri les beaux traits de Kijakazi au point de les effacer entièrement. Une anxiété permanente se lisait sur son visage ; au lieu d'être illuminé par la joie de vivre, il portait, ravagé de rides, la marque d'un épuisement qui lui donnait beaucoup plus que son âge. Exceptionnellement, il arrivait que quelque chose la fît rire ; alors, son visage redevenait, l'espace d'un instant, rieur et juvénile, tandis que ses joues, empourprées par le sang de la jeunesse, se creusaient de deux jolies fossettes. Mais son ordinaire était fait de fatigue, la fatigue d'une personne qui se tue à la tâche : mains calleuses, durillons, talons rongés.

Soleil ou pluie, jour ou nuit, les tâches n'en finissaient jamais pour Kijakazi.

Gros garçon âgé d'environ cinq ans et passablement exécrable, Fouad était toujours en train de casser quelque chose dans la maison. L'un de ses jeux préférés consistait à sauter partout comme un singe. Il pouvait faire ou dire n'importe quoi devant n'importe qui, et quiconque osait alors le reprendre ne tardait pas à se faire insulter par le maître ou Madame. Affreusement gâté, il pouvait faire ce qui lui chantait : ses parents ne trouvaient jamais rien à redire. Ses toquades donnaient clairement à penser que le développement de son intelligence ne suivait pas un rythme tout à fait normal. À cinq ans, il ne savait pas encore manger tout seul et voulait toujours se faire porter.

Un jour, il pleurait depuis des heures. Quand sa mère finit par le prendre dans ses bras, il se mit à se tortiller dans tous les sens, lui tirant tantôt les cheveux, tantôt les oreilles. Ainsi tourmentée par le garnement, elle l'envoya en l'air avec colère sans se soucier des conséquences de son geste. Par bonheur Kijakazi était justement en train de balayer le salon ; d'un seul coup elle se redressa et réussit à rattraper au vol le garçon qui, sans elle, se serait peut-être rompu le cou dans sa chute. Elle bondit pour le saisir comme on capte un projectile inopiné. Fouad hurlait de toutes ses forces, comme s'il était possédé des démons. Mais dès qu'il fut dans les bras de Kijakazi, il se tut. Là-dessus, Madame, d'une volte-face, confronta Kijakazi et lui arracha le petit des mains avec une telle violence et une telle précipitation que la servante vint buter dans un siège voisin. À peine sa mère s'était-elle à nouveau emparé du chenapan, qu'il recommença son vacarme, et Madame l'envoya valser une deuxième fois, et Kijakazi le rattrapa une nouvelle fois au vol. Ce va-et-vient de Fouad entre les deux femmes dura un certain temps, jusqu'à ce que Mme Maïmouna acceptât de voir son fils rester dans les bras de Kijakazi.

– C'est de la graine de planteur, ou je ne m'y connais pas, dit la mère.

À compter de ce jour-là, Kijakazi arrêta de travailler à l'étable pour servir aux cuisines. Ce transfert ne visait pas à faire d'elle la nourrice de Fouad : ç'aurait été là une promotion que la famille du Seigneur Malik n'avait jamais encore offerte à aucune de ses employées. Le but était plutôt de rapprocher Kijakazi de Madame et de son rejeton.

Fouad adorait Kijakazi et se plaisait à jouer constamment avec elle. Personne ne comprenait ce qui attachait tant ce vaurien à Kijakazi et ce qui le rendait si doux quand ils étaient ensemble. La servante elle-même ne pouvait expliquer l'amour que lui portait le garçon. S'il pleurait, dès qu'elle le prenait dans ses bras, il se taisait. Voilà, en fait, ce qui avait conduit Kijakazi de l'étable à l'office : pour elle, un léger progrès !

À vrai dire, les tâches l'épuisaient, ce qui n'ôtait d'ailleurs rien à son ardeur au travail. Mais sa joie n'était pas sans partage : il s'y mêlait de la détresse. Et elle reporta tous ses espoirs sur le garçonnet, sans savoir combien de temps elle bénéficierait du privilège qu'elle lui devait : celui de passer ses journées aux cuisines au lieu de retourner à l'étable.

Un matin, elle était à l'office à faire chauffer l'eau du bain pour Mme Maïmouna. Fouad, sitôt levé, se rendit à la cuisine où il était sûr de trouver Kijakazi. Quant à Madame, une fois debout, elle se pavanait d'une pièce à l'autre. Au bruit des cris de joie parvenant de la cuisine où Kijakazi et Fouad jouaient ensemble, Mme Maïmouna y dirigea ses pas ; elle était à la porte quand elle vit la servante qui embrassait le garçon sur la tête. Madame explosa. Elle entra comme une furie, menaçante, et bouscula violemment Kijakazi pour l'écarter du petit dont elle s'empara. La pauvre Kijakazi culbuta les bassines placées derrière elle, puis se redressa tant bien que mal en regardant la mère d'un air terrorisé. Son cœur battait à se rompre. Elle ne savait pas quel châtiment lui serait infligé pour son crime, dont par ailleurs, elle ignorait et la nature et la gravité.

– Qu'est-ce que tu fabriques, Kijakazi, avec mon fils ? lui demanda Madame sur un ton de violent reproche.

– P... p... pardon, Madame !, répondit Kijakazi bouleversée.

– Attends d'avoir ton propre marmot pour l'embrasser ! Sapristi !, dit Madame en sortant.

– Eh là ! Eh là ! Qu'est-ce qu'il y a encore ? Pourquoi ce tintamarre ? interrogea à son tour le Seigneur Malik depuis la chambre où il était couché.

– C'est cette espèce de sale chienne ! Elle embrasse Fouad, répondit sa femme.

– Je t'avais bien dit qu'elle ne méritait pas d'être transférée à l'office ; mais toi, tu disais qu'il fallait la mettre ici. Aujourd'hui, elle a embrassé Fouad ; demain, on la verra au salon assise avec le garçon comme si c'était elle la propriétaire ! s'écria le Seigneur Malik en sortant de sa chambre pour accourir à la cuisine où se trouvait Kijakazi.

Parvenu sur les lieux du drame, il vit la servante recroquevillée de frayeur. Il lui jeta un regard sévère et pesta contre elle entre ses dents avant de disparaître.

Fouad poussa les hauts cris d'avoir été ôté des bras de Kijakazi. Mais rien n'y fit. La servante se vit interdire de toucher au gamin : de l'avoir dans les bras, bien entendu, mais aussi de s'approcher simplement de lui.

Pour Kijakazi les choses n'allaient pas dans le sens souhaité. Elle perdit tout espoir d'échapper, grâce à Fouad, plus longtemps aux étables où il lui fallait se débattre avec les bestiaux et en recevoir les coups de sabot. Hormis le retour à l'étable, là-bas, avec les vaches, il n'y avait pas d'issue.

Mme Maïmouna s'efforça au maximum de chasser Kijakazi de la mémoire de Fouad, et elle y réussit : l'envie de se faire porter sur le dos de la servante passa vite au garçon. Mais pour Kijakazi les choses évoluaient à l'inverse : chaque jour qui s'écoulait augmentait son amour pour l'enfant.

C'était un grand bonhomme à présent. Et l'amour qu'elle lui portait grandissait tout pareil. À chaque fois qu'elle le voyait dans la cour devant le palais de son père, elle se réjouissait comme en face du soleil au moment où il éclate de derrière les nuages. L'enfant venait souvent dans cette cour où il cabriolait comme un biquet. Il suffisait à Kijakazi de l'apercevoir pour tout laisser en plan et rêver à la beauté future de Fouad adulte.

Il avait son propre chien ; il adorait jouer à lui lancer des ordres. Ils batifolaient ensemble et se pourchassaient dans la plantation paternelle.

Fouad appela son chien : « Boby ! »

L'animal accourut joyeusement. Il s'élança dans les bras du garçon en frétillant de la queue.

Fouad exerçait ses talents de chef avec cette

bête. Il n'en finissait pas de lui donner des ordres ; il l'envoyait chercher une chose à droite, une autre à gauche, tantôt l'applaudissait, tantôt le bourrait de coups de pieds. Ainsi le chien servait de cobaye pour l'apprentissage du métier de maître et du commandement. Parfois l'animal avait son compte de persécutions et refusait d'obéir davantage à son maître.

– Boby, va me chercher mon fusil !, intima un jour Fouad à son chien après l'avoir déjà copieusement harcelé.

La bête ne bougea pas d'un poil ; plantée où elle était, elle aboyait très fort. Fouad lui décocha alors un coup terrible en pleine gueule ; le chien s'enfuit en aboyant encore plus fort.

Cachée dans un coin du jardin avec la botte de foin qu'elle apportait aux vaches, Kijakazi avait assisté aux démêlés de Fouad avec son chien. En sortant de sa cachette pour porter le foin à l'étable, elle quitta son parcours habituel et s'arrangea pour passer près du garçon afin de voir de plus près au moins le petiot dont elle s'était occupée si longtemps. Il l'aperçut au moment où elle passait, et sans préambule lui lança :

– Kijakazi, va me chercher mon fusil !

Il avait mis dans son ordre la même colère que pour son chien. C'était le premier commandement qu'il adressait à Kijakazi, sa servante.

Sans mot dire, elle posa sa botte de foin et

pressa le pas. Elle réfléchissait à la façon dont elle pourrait pénétrer dans le palais du Seigneur Malik pour décrocher le fusil qui servait de jouet à Fouad et qu'il l'avait envoyée quérir

À peine avait-elle posé un pied dans la maison qu'elle tomba sur la maîtresse : Mme Maïmouna était assise au salon, dans une longue robe blanche sandales aux pieds, un châle de mousseline à liseré d'or jeté sur les épaules ; elle sentait bon comme une fée. Les essences délicates dont elle s'était parfumée lui rendirent d'autant plus perceptible l'odeur de bouse de vache qui accompagnait la servante. Madame fit la grimace et signifia à Kijakazi de ne point approcher, qu'elle n'aille pas gâter les onguents dont Madame avait mis si longtemps à se pommader.

La servante était à peine entrée que sa maîtresse se mit à la vitupérer :

– Qu'est-ce que tu viens faire ici ?

– C'est Maître Fouad qui m'envoie chercher son fusil pour jouer ! répondit Kijakazi, les mains jointes sous le menton.

Mme Maïmouna conçut une joie extrême d'entendre que son fils savait commander comme un seigneur dès son plus jeune âge !

À compter de ce jour-là, les ordres de Fouad plurent sur Kijakazi qui trouvait son bonheur à les exécuter. Avec le temps, le ton du garçon gagna en arrogance. Sa mère se gardait de le reprendre, trop heureuse du comportement de son fils. Elle désirait en faire un maître aussi impérieux que son père le Seigneur Malik ; le maître absolu de son royaume ; un seigneur d'avenir. Elle souhaitait que son fils devînt un chef apte à commander son monde.

Un jour, le Seigneur Malik et son épouse bavardaient dans le merveilleux jardin abrité derrière le palais. Le soir tombait ; ils prenaient le frais dans cet endroit rempli de plantes florissantes propres à flatter les sens du Seigneur Malik : jasmins, roses ylang-ylang et autres arbustes au parfum délicieux. Avec la nuit tombante, les joies-de-la-nuit dont s'ornait le jardin embaumaient l'air de toutes leurs petits fleurs blanches. C'est sous cet arbuste que le Seigneur Malik aimait s'asseoir. Il y avait une *baraza* fort convenable, et lorsqu'il y était installé à parler avec sa femme, il n'aimait point être dérangé, fût-ce par Fouad, l'héritier chéri. D'un bout à l'autre du jardin, on avait planté, en un charmant désordre, ramboutans, pamplemoussiers, jambosiers et autres arbres fruitiers. Leur ombre généreuse ajoutait encore au charme envoûtant du lieu.

À proximité du jardin, une citerne spéciale reliée à un petit canal permettait d'irriguer l'ensemble matin et soir. C'est à Kijakazi que revenait la tâche – entre mille autres – de remplir tous les jours cette citerne.

– Seigneur, j'ai ouï dire qu'il est arrivé du musc chez le Rouwéhi avant-hier. Cent shillings suffiront, dit Madame à son mari tandis qu'ils étaient installés sur leur *baraza* dans le petit paradis qu'ils s'étaient confectionné au cœur même de leur domaine.

– J'enverrai quelqu'un t'en chercher dès demain. Combien d'onces t'en faut-il ?

– Deux, ça ira.

– Tu n'auras qu'à ouvrir le coffre demain et prendre la somme qu'il te faut et quand passeront Zein et sa femme, donne-leur l'argent, qu'elle t'en achète.

– Ah bon ? Ils viennent demain ?, s'exclama Mme Maïmouna en faisant l'étonnée comme si elle ne savait pas que le Seigneur Zein venait leur rendre visite tous les dimanches avec sa femme, au volant de sa *May Flower* flambant neuve.

Elle mit fin abruptement à la conversation. Le but n'était pas d'obtenir une autorisation de dépenses quelconque, mais de susciter d'aimables bavardages. Car, question dépenses, Madame était du genre à ouvrir le coffre toute seule et à y puiser à sa guise pour acheter ce qu'elle voulait. Elle était bien la seule à pouvoir plonger ainsi la main dans le trésor du Seigneur Malik.

Elle quitta la *baraza où* elle était assise et se mit à évoluer dans le jardin sous les arbres aux fleurs exquises ; elle cueillait un brin de jasmin par-ci, une belle rose par-là, une fleur d'ylang-ylang qu'elle se glissa dans les cheveux ; elle aimait les laisser, longs et ondulés, flotter librement sur ses épaules, la raie médiane bien marquée. Elle s'avança vers le verger. À chaque pommerose qu'elle décrochait, à chaque gros fruit qu'elle prenait dans ces arbres taillés exprès pour ne pas pousser trop haut, qu'on pût en détacher les fruits sans mal, elle se retournait vers son mari, l'appelait gaiement et lui lançait le fruit cueilli. Et à chaque coup le Seigneur Malik, qui aimait, lui, rester tranquillement assis sur sa *baraza,* les jambes allongées, était obligé de bondir de son siège pour attraper le fruit que sa femme lui lançait. Agacer ainsi son époux mettait Madame en joie. Lorsque le Seigneur Malik manquait le fruit lancé dans sa direction, elle riait à en perdre haleine, au point de ne plus tenir debout.

Les plaisirs que se donnaient ainsi le Seigneur Malik et sa femme furent brutalement interrompus par le vacarme de Fouad qui arrivait au pas de course en poussant les hauts cris : « Maman ! Maman ! » Il avait Boby aux trousses qui aboyait férocement, prêt à mordre.

– Depuis le temps que je te préviens ! Arrête de martyriser ce chien. Il finira par te mettre en pièces un jour !, s'écria Mme Maïmouna, haletante.

Les hurlements de son fils l'avaient frappée de stupeur. Quant au Seigneur Malik, il en fut terrassé, son cœur flancha ; les vociférations de Fouad l'avaient cloué sur la banquette où il se reposait. Il voulut rentrer, mais au moment de se lever il en fut incapable. Madame dut l'aider en lui prenant le bras.

Finis du même coup les plaisirs du jardin ! On aida le Seigneur Malik à rentrer. Mais à peine l'avait-on allongé sur son lit que le mal empira. Son cœur battait la chamade. Au moment de réciter deux fois la *shahada* « *Laïlaha illa Llha ! Laïlaha illa Llah !* », le souffle lui manqua.

Madame était dans tous ses états. Elle arpentait la chambre les mains collées sur la tête en gémissant : « Mon pauvre époux ! Mon pauvre époux ! »

Elle voyait ledit époux à l'article de la mort et lui administra toutes les potions traditionnelles qu'elle trouva dans la pièce. Il eut droit à l'eau de rose et aux fumigations. Mais du Seigneur Malik ne sortait qu'un long râle. Il était dans le coma. Fouad contemplait la scène, sans comprendre. Il s'attachait seulement aux basques de sa mère.

Voyant la condition de son mari s'aggraver, Mme Maïmouna à la nuit tombante sortit quérir le rebouteux local. Avant de partir elle manda Kijakazi : celle-ci veillerait auprès du Seigneur Malik tandis que Madame se rendrait droit chez Maftah, un médecin réputé du secteur.

Arrivée chez lui, elle découvrit que Sheikh Maftah était parti à la mosquée. Elle attendit son retour. Dès qu'elle fut avec lui dans la maison, elle lui dit, éplorée :

– De grâce ! aidez-moi !

– Qu'est-ce qui se passe ?, s'étonna Sheikh Maftah.

– Mon mari a eu une attaque.

Ils se mirent en chemin immédiatement. Quand ils arrivèrent chez le Seigneur Malik, il était moribond ; il râlait.

« Pauvre de lui ! », s'exclama Sheikh Maftah surpris de le voir en si piteux état. Il alla chercher l'un des sièges de la chambre et s'assit au chevet du Seigneur Malik pour qui il récita des versets appropriés du Coran.

– Où est-ce que ça l'a pris ?

– Comme nous étions au jardin.

– On ne se promène pas sous les arbres à la tombée de la nuit ! L'homme est en proie à quelque démon.

Il lui prit la tête entre les mains et poursuivit sa récitation, avant de demander à brûle-pourpoint :

– Vous avez du safran ici ?

– Mais oui !

Mme Maïmouna pénétra dans une autre pièce et passa en revue toutes ses fioles jusqu'à ce qu'elle mit la main sur le safran.

– Voici !, dit-elle en le donnant au Sheikh, saisie d'un hoquet et toujours en larmes.

– Avez-vous une petite assiette ?

– Oui !

On apporta sur-le-champ une petite assiette et Sheikh Maftal concocta le philtre à l'intention du

Seigneur Malik et le lui fit ingurgiter. Il versa ensuite le restant dans une bouteille et dit à Mme Maïmouna : « D'ici un moment vous lui en donnerez encore une ou deux gorgées et lui en passerez un peu sur le visage.

– Merci, dit-elle, bouffie de larmes.

– Pauvre de lui !, répéta Sheikh Maftah en sortant.

Mme Maïmouna obéit aux consignes du Sheikh. Elle administra la décoction rituelle au Seigneur Malik et lui en badigeonna le visage. Mais sans résultat ! Au point du jour, il rendit l'âme.

L'épouse avait passé la nuit entière au chevet du Seigneur Malik et dès qu'il fut mort, elle poussa des cris et des lamentations.

Cette nuit-là, personne, parmi les employés du domaine, n'osa fermer l'œil.

Avec le jour, la nouvelle du décès du Seigneur Malik se répandit en ville et, à partir de dix heures, au domicile du défunt, ce fut un défilé de bourgeois de Zanzibar et de riches planteurs venus assister aux préparatifs des funérailles.

Le Seigneur Malik fut enterré après la prière de l'après-midi. Ses obsèques furent exemplaires. On lut le Coran des trépassés, sans interruption pendant trois jours et trois nuits. Les voisins s'abstinrent tous de préparer leur dîner, car le palais du défunt regorgeait des mets les plus variés, et les paysans pauvres du secteur avaient reçu l'aumône.

Pauvre Kijakazi ! Anéantie par ce malheur incomparable qu'était pour elle la mort de son maître, elle ne faisait rien pour reprendre le dessus. Le soir, à la première occasion, elle se rendait sur la tombe du défunt ; elle y versait toutes les larmes de son corps. Pour elle, la disparition du Seigneur Malik était un choc abominable.

La fin du deuil fut prononcée. Ce jour-là les proches du Seigneur Malik se réunirent et l'on ouvrit le coffre du disparu pour savoir ce qu'il recelait. On en examina le contenu pièce par pièce ; il s'agissait sans exception d'objets de grande valeur : sabres d'or, poignards recourbés en argent massif, deux paires de socques d'argent et plusieurs lingots d'or. Après l'examen minutieux de ces joyaux, on ouvrit le fond secret du coffre ; outre une abondance de pièces de monnaie, on y découvrit le testament du Seigneur Malik : il plaçait toute sa fortune sous la tutelle du Seigneur Zein en attendant que Fouad ait atteint l'âge de recevoir en héritage les biens de son père.

Mme Maïmouna garda le deuil quatre mois dix jours. Les épouses des planteurs vinrent des quatre coins de l'île lui prodiguer consolation et réconfort.

Son deuil terminé, elle avait perdu la santé. Toujours souffrante, elle mourut à son tour au bout d'une année. Elle fut inhumée dans un coin du tombeau de son défunt époux.

Le Seigneur Zein prit Fouad en charge conformément aux volontés de feu son ami le Seigneur Malik. Il n'y eut de sa part ni injustice ni malversation, vu qu'il avait une fortune personnelle qui lui suffisait amplement.

Pendant dix ans Fouad vécut sous la bonne garde du Seigneur Zein qui lui enseigna tous les moyens de sauvegarder ses intérêts et de protéger son rang. Dans le cadre de ce programme, Fouad s'exerça avec bonheur au contrôle des esclaves et des indigents qu'il avait sous sa coupe. À vingt-cinq ans, il entra en pleine jouissance de ses biens et commença à jouer les grands seigneurs.

C'était à lui qu'incombaient désormais la responsabilité du domaine et la direction de tout ce qui s'y rapportait. Et il avait la haute main sur la fortune de son père. Il entretint la plantation avec soin ; il en augmenta la superficie. Il édifia un hangar de bel aspect tout en briques et ajouta un grenier à sa réserve.

Quant à Kijakazi, le rythme de ses travaux chez Fouad n'avait en rien changé. Elle s'activait comme au temps où feu le Seigneur Malik était encore vivant. À peine avait-elle accompli une besogne, qu'elle en entamait une autre. Elle fonctionnait comme une machine. Tout son esprit était mobilisé par le seul souci des tâches qu'on attendait d'elle et qu'elle prenait un soin extrême de ne gâter en rien pendant l'exécution. Elle travaillait comme un bourricot. Pour le labeur fourni, cette femme n'avait pas sa pareille.

Un soir où Fouad se promenait dans son domaine, il passa du côté des étables. Saoule de fatigue, Kijakazi s'était adossée à un poteau ; à l'intérieur, les bêtes mangeaient leur foin. À son insu, le sommeil la gagna. En arrivant, Fouad la trouva endormie : les bestiaux avaient fini leur foin, ils attendaient à boire.

Il s'approcha d'elle à pas de loup et, endormie ou pas, lui décocha un coup de pied dans les côtes.

– Ah ! Je vous demande pardon, Seigneur, geignit Kijakasi secouée par la douleur et consciente d'avoir commis une faute sans précédent.

– Tu te crois où, toi ? Et moi qui pensais depuis des heures que tu bossais ! Tu parles ! Tu viens ici te cacher et roupiller !, clama le maître.

– Pardon, Maître ! Je ne recommencerai jamais !, dit Kijakazi terrifiée.

Elle empoigna deux seaux vides qui se trouvaient dans l'étable et s'enfuit chercher de l'eau au puits.

– Espèce de tourte ! Elle est bête comme ses pieds, cette vieille chiffe ! C'est incapable de travailler ; tout ce que ça fait, ça reste en tas, continua à pester Fouad, bien qu'il fût seul à présent.

La servante courut au puits et en revint immédiatement, chargée de ses deux seaux pleins d'eau, qu'elle donna à boire aux vaches. Quand les premières eurent terminé, elle retourna au puits, deux fois, trois fois, jusqu'à ce qu'elles se soient toutes désaltérées.

Après quoi elle s'adossa au même poteau qu'auparavant et réfléchit à ce qui lui était arrivé.

– Mon Dieu ! Aujourd'hui je l'ai vraiment mis hors de lui, le Maître !, marmonna-t-elle. Je ne sais pas quelle opinion il va se faire de moi !

Les pensées se bousculaient tellement dans sa tête qu'elle n'en ferma pas l'œil de la nuit. La pauvre faisait l'impossible pour plaire à son maître et lui être fidèle. Et voici que pour une vétille, elle lui avait au plus haut point déplu !

– Je vais faire de mon mieux pour que ce qui est arrivé aujourd'hui ne se reproduise plus jamais, se dit-elle pour se calmer les esprits.

Le lendemain elle se réveilla au point du jour. Le premier coq avait déjà chanté. Elle alla directement à l'étable et commença à traire les vaches. Puis elle sortit du bâtiment.

Il faisait jour. Fouad était debout. Il se promenait dehors à goûter la fraîcheur du matin. Soudain il croisa Kijakazi qui courait au palais apporter le lait déjà tiré.

Elle eut un coup au cœur ; la surprise la cloua sur place.

– T'as tiré le lait ?, lui demanda Fouad hargneux.

– Oui, Maître !

– Bon. Quand je reviens, il faut que toutes les bêtes aient eu leur foin, lui enjoignit-il, avant de poursuivre sa tournée matinale.

Il fit quelques pas, puis se retourna d'un seul coup vers Kijakazi, qu'il appela : « Holà ! »

Elle comprit que c'était elle et personne d'autre qu'on interpellait ainsi, et elle fit aussitôt volte-face au risque de répandre sur elle le lait des seaux.

– Et après, n'oublie pas d'attacher les chèvres !, ajouta Fouad.

Il fit encore un pas avant de lancer un nouvel ordre : « Et tu nettoieras tous les poulaillers aujourd'hui. »

La servante enregistra les injonctions, reprit ses seaux de lait et s'en fut les déposer sur la *bazara* devant la maison de Fouad où ils attendraient qu'on passe les prendre pour les transporter à la ville une fois que le Maître aurait pesé tout le lait.

Fouad, constata Kijakazi, ne lui avait pas rappelé les événements de la veille : sa frayeur s'en trouva un tant soit peu réduite. Au lever du jour elle s'était demandée ce qu'il allait lui dire ce jour-là ; et comme il ne lui avait rien dit du tout, elle se sentait délivrée d'un fardeau accablant.

Elle ne comprenait goutte aux événements qui survenaient dans le monde et, pour ce qui se passait immédiatement autour d'elle, elle s'arrangeait pour n'en rien voir.

À chaque fois que les travailleurs décidaient de revendiquer leurs droits, on faisait appel aux troupes coloniales ; ils étaient dispersés à coups de matraques, de grenades lacrymogènes et de fusils. Des dirigeants et d'autres militants hardis, jetés en prison, y subissaient toutes sortes de mauvais traitements, de tortures. Dans leur pays en proie à la misère, les citoyens se trouvaient à bout de forces. Malgré tout ou plutôt à cause même de cette situation désespérée, les travailleurs faisaient grève sur grève ; aux manifestations succédaient les réunions publiques ou secrètes où l'on dénonçait les capitalistes et les féodaux et où l'on exigeait la fin du régime colonial.

Oui, tout cela se passait autour de Kijakazi ; mais pour elle rien ne bougeait ; les temps ne changeaient point. Sa vie consistait exclusivement à travailler pour satisfaire le Seigneur Fouad.

Le jour il n'y avait personne qui discutait avec elle des développements dont le pays était le théâtre. Les voix de ceux qu'elle pouvait rencontrer lui parvenaient très assourdies. Pour sa part, elle se réjouissait de ne pas être mêlée aux troubles et ne manquait jamais une occasion de rendre grâces à Dieu de lui donner la force de bien faire son travail.

Sur le domaine c'était un défilé constant de main-d'œuvre : des petits, des gros, des hommes, des femmes ; mais Kijakazi, elle, demeurait toujours à la même place. Certaines recrues partaient avant qu'elle ne sût leur nom. On devait ces changements perpétuels à l'arrogance, à la muflerie, à la grossièreté de Fouad aux yeux de qui tous les travailleurs, gros ou petits, étaient à mettre dans le même sac : ses employés, ou plus généralement tous les paysans, étaient de vulgaires esclaves.

Il regroupait quantité de personnel sur son domaine ; tous n'avaient pas l'abnégation de Kijakazi. Par exemple Mariam, par nature, était tout juste le contraire.

Aussi belle, aussi séduisante de corps que de traits, elle avait des yeux d'une rondeur exquise dont l'éclat rappelait le scintillement des étoiles dans le ciel.

Son dévouement n'était pas en cause. Elle s'efforçait de faire son travail aussi bien que possible, mais elle n'acceptait pas d'être traitée comme une bourrique. Lorsqu'elle se sentait crouler sous le poids de l'ouvrage, elle se dénichait quelque remise ou souffler un peu.

Fouad lui trouvait une beauté absolument irrésistible, et de temps en temps il rôdait dans les parages comme un chat en rut.

Un jour Mariam était dans l'étable à donner du foin aux bestiaux. Fouad l'y avait vue entrer ; il la suivit.

– Mariam, viens donc par là que je te dise un mot, insinua-t-il, calculateur.

La fille fut stupéfaite d'entendre Fouad lui adresser la parole sur un ton courtois et respectueux si contraire à son habitude. Elle répondit à son appel.

Aussitôt il reprit :

– Tu sais, il y a quelque chose que je voulais te dire depuis longtemps, mais je n'ai pas encore trouvé l'occasion.

– C'était quoi, Maître ?

– C'était quoi ? répéta Fouad. Approche, je vais te le dire.

– Vous n'avez qu'à parler, Maître, j'entendrai de là où je suis.

Du coup la douceur de Fouad s'éclipsa devant son autoritarisme.

– Quoi ! Voici dix minutes que je te dis de venir ici, et tu... Il n'acheva pas sa phrase, mais se précipita sur Mariam dont il se mit à baiser les joues.

– Je ne veux pas ! Je ne veux pas ! C'est de la contrainte ! hurla-t-elle. À force de se débattre, elle réussit à échapper à l'emprise de l'homme ; elle s'élança vers la porte de l'étable qu'il avait fermée exprès derrière lui quand il était entré. Par bonheur elle parvint à l'ouvrir.

Les cris rageurs de Fouad portaient jusqu'à l'autre bout du domaine tant il faisait de tapage.

– Sale truie !

Dehors, aux alentours de l'étable, des hommes travaillaient aux cultures et au désherbage. Fouad n'avait guère envie de voir son histoire s'ébruiter. En sortant de l'étable, il crut utile de bredouiller une phrase ou deux :

– Tu crois peut-être que je t'engraisse à faire l'idiote. La prochaine fois que je te trouve à t'amuser au lieu de travailler, je te tords le cou ! Et je te chasserai de chez moi, comme j'ai déjà chassé d'autres esclaves de ton espèce.

Les autres restaient cois en se demandant lequel se ferait insulter au tour suivant.

– Et vous, qu'est-ce que vous restez plantés là à écouter ? Vous feriez mieux de vous occuper de ce que vous avez à faire !, lança Fouad à ses ouvriers.

Fou de colère, il s'engouffra entre deux haies de fleurs sur l'étroit sentier qui reliait l'étable au palais. Arrivé chez lui d'un seul trait, il se calfeutra dans sa chambre.

Mariam resta longtemps devant l'étable, bouche bée, le cœur battant.

– Dis donc ! qu'est-ce que tu as encore fabriqué ?, lui demanda gentiment l'un des garçons en faisant quelques pas dans sa direction.

Et il discuta avec elle tout en continuant à travailler et sans la regarder, de peur que Fouad, s'il ressortait, ne les surprît tous les deux en train de bavarder, ce qui n'aurait rien arrangé à la situation !

– Il veut me battre, répondit Mariam, retenant d'une main sa robe souillée qui s'était déchirée au cours de l'empoignade avec Fouad. Malgré la vile agression de Fouad sur sa personne, elle ne tenait pas à en révéler le détail exact à ses compagnons.

– Et pourquoi il veut te battre ?, lui demanda encore l'ouvrier, qui gardait la tête détournée du même côté et faisait mine de sarcler.

Cette fois Mariam ne répondit pas. Elle garda le silence. Sous le flot montant de la colère, elle éclata en sanglots.

Mortifiée, elle regagna immédiatement l'étable pour y reprendre son travail en s'essuyant les yeux.

Fouad était entré dans sa chambre se jeter sur son lit. Il prit un paquet de cigarettes sur la table de chevet ; il en tira une, l'alluma. En suivant des yeux le feu qui la dévorait, c'est à Mariam qu'il songeait. Son cœur aussi se consumait de désir pour cette fille. Et parallèlement son amour-propre de maître était réduit en cendres. Quoi ! voir une souillon de basse espèce résister à son maître ? Qu'elle ose lui dire : Je ne veux pas !, se mettre à hurler lui faire perdre la face ! ah !

– On va voir !... Je m'en vais la faire venir ici, et une fois entre mes quatre murs elle va recevoir sa correction : je vais faire venir un autre chien de son espèce pour qu'il m'aide à m'en saisir.

Solidement bâti, mais oisif toute sa vie, Fouad n'était qu'une grosse baudruche, incapable de venir seul à bout de Mariam ; il fallait qu'un de ses hommes l'épaulât. Il quitta sa chambre et revint à l'étable. Il en enfonça la porte d'un coup violent. Mariam vira sur ses talons et le vit qui bouchait l'embrasure de la porte, le visage bouffi de colère.

– Viens ici !, lui ordonna-t-il.

Il s'éloigna de l'entrée en direction de l'un des ouvriers présents dans les parages.

– Eh toi là-bas ! Viens ici !

Il se figurait qu'ils le suivraient tous les deux, mais dès que Mariam fut dehors, elle courut dans une autre direction : elle avait disparu dans les buissons.

Au bout de quelques pas, en se retournant pour jeter un coup d'œil aux deux qu'il avait réquisitionnés, Fouad ne vit plus que l'homme appelé en renfort.

– Mais... où est passée l'autre ?

Elle a pris ce chemin, Maître, répondit l'ouvrier.

– Elle s'est enfuie, hein ? Lancez-vous à ses trousses et ramenez-la moi ; quand je l'aurai entre les mains, je vais lui couper la tête !, enjoignit Fouad aux ouvriers.

Comme un seul homme ils jetèrent tous leur houe ; ils se glissèrent dans les fourrés à la recherche de Mariam. Mais malgré le temps qu'ils y passèrent, ils ne la trouvèrent point.

Même si, selon le code en vigueur, un planteur

se déshonorait en désirant une vulgaire fille de ferme, Fouad ne pouvait s'empêcher de leur courir après. Il n'était pas sans entendre les jeunes de son âge, fils de planteur, lui raconter leurs histoires sur l'habileté des petites paysannes à assouvir les passions de leur maître. C'est pourquoi il s'efforçait, coûte que coûte, de jeter le grappin sur une fille du voisinage pour confirmer les dires de ses jeunes amis.

À la tombée du jour, après la prière, il se rendait dans les hameaux environnants sous couvert de causer avec les paysans de sa connaissance enclins à lui plaire. Le but réel de ses tournées n'était point, bien entendu, de rendre visite à ces gens-là ; en fait, il était à la recherche de jeunes vierges nubiles. Après s'être arrêté dans un certain nombre de familles, il arriva chez le père Sharouani. Là, il resta un long moment à bavarder.

Le père Sharouani habitait une cahute ; une fois la porte ouverte, on avait toute la richesse du foyer sous les yeux : un lit de cordes recouvert d'une natte usagée, des tabourets de liège indien et dans un recoin un tas d'écorces de noix de coco qui lui servaient de combustible pour faire chauffer la marmite.

Le vieil homme ne connaissait pas l'objet réel de la visite de Fouad et même s'il l'avait connu, il aurait considéré comme un honneur suprême qu'une de ses filles fût agréable à un aussi grand seigneur. Accueilli à bras ouverts par le père Sharouani, Fouad entra en faisant très attention de ne pas salir ses vêtements. Il portait un magnifique *kanzu* brodé, un long pagne de toile damassé, une *kofta* entièrement brodée main et des *makubadhi*

Le père Sharouani produisit une natte neuve ; poussa de côté les menus objets éparpillés et l'étendit sur le sol.

– Faites-moi l'honneur, Seigneur..., lança-t-il à l'adresse de Fouad en l'invitant à s'asseoir sur la natte.

Lui-même prit place sur un tabouret ; puis ils entamèrent la conversation.

Le vieux Sharouani se souvenait parfaitement du temps où le père de Fouad, le Seigneur Malik, était jeune homme ; il se rappelait même les grandes fêtes qu'avait connues Koani pour la naissance de Fouad. Ce soir-là toute la discussion tourna autour de la famille du Seigneur Malik.

– Oh ! le Seigneur Malik ! C'était un homme d'une rare distinction ! Les mouches n'osaient pas se poser sur son *kanzu*. Le Seigneur Malik était un homme remarquable qui n'avait pas son pareil dans l'île entière.

Tels étaient les propos du père Sharouani : le Seigneur Malik par-ci, le Seigneur Malik par-là ; Mme Maïmouna par-ci, Mme Maïmouna par-là. Dans son désir de plaire à Fouad, il leur attribuait des qualités que, pour beaucoup, ils ne possédaient nullement.

Mais Fouad n'était pas venu pour entendre les histoires sur le Seigneur Malik et ses vertus ; ni celles qu'il connaissait déjà, ni celles qu'il ne connaissait pas. Ce qui l'avait amené chez le père Sharouani, c'était sa jeune vierge qui s'appelait Mkongwé.

– Je vois que Mkongwé a poussé, maintenant, dit-il, interrompant le père Sharouani dans son éloge des parents du visiteur.

– Hé ! Hé ! C'est une vraie jeune fille à présent, répondait le père Sharouani avec un petit rire pudique.

L'intérieur de la cabane, dépourvu de tout confort, était pour Fouad un véritable enfer, comparé aux douceurs, au luxe, de sa propre demeure. Il y régnait une chaleur extrême et la lampe à pétrole, dont la mèche charbonnait, faisait pleurer les yeux de Fouad. Il déboutonna le col de son *kanzu* et s'éventa d'une main. La sueur lui dégoulinait sur le visage.

– Qu'est-ce qu'elle fait ces temps-ci ?

Le père Sharouani, avec ses gencives à nu d'où, avec l'âge, étaient tombées toutes les dents, lui répondit avec un petit rire :

– Elle travaille aux champs et m'aide pour le reste. La natte où vous êtes assis, c'est elle qui l'a tressée et cousue. Ma petite-fille est très capable.

Dans la cahute, la température montait. Fouad ne pouvait supporter : il coupa court à la discussion.

– Je pars ; je me sauve pour la prière nocturne, annonça-t-il.

– Pas de problème, Seigneur ! Vous êtes toujours le bienvenu !, et le père Sharouani salua son hôte d'une révérence.

Fouad avait fait construire une jolie petite mosquée près de son palais, où ne priaient que ceux qui appartenaient comme lui à la secte *ibadhi.*

Il entra à la mosquée pour prier, sans pour autant chasser de son esprit Mkongwé qu'il rêvait de posséder. En quittant le sanctuaire, il résolut de passer voir le père Sharouani tous les jours, jusqu'à l'entrée de Mkongwé à son service.

Il ne cessait de songer à elle. Même s'il lui arrivait effectivement de se rendre en ville où il rencontrait de jolies filles, les traits de Mkongwé l'obsédaient – vision dont il était incapable de se débarrasser. Il s'en voulait affreusement de cet état de chose et de convoiter une fille qui, dans le cadre de la société de classe propre à Zanzibar à cette époque-là, ne valait pas chipette. Il se demandait souvent : « Que faire pour m'ôter cette Mkongwé de la tête ? Faut-il la faire venir chez moi et abuser d'elle, ou lui offrir des vêtements, un peu d'argent, pour qu'elle accepte d'elle-même de se plier à mon désir ? Est-ce que je n'ai pas intérêt plutôt à envoyer baller cette esclave qui pue la sueur, et à cesser de me faire du mauvais sang pour rien ? »

Vains efforts ! Plus il s'interrogeait, plus son envie croissait.

Pour finir, il prit le parti de convaincre le père Sharouani de laisser Mkongwé venir travailler sur sa plantation. Il pensait qu'une fois la fille à son service, il trouverait bien le moyen de lui faire faire autre chose aussi pour lui…

Le rythme de ses visites chez le père Sharouani augmenta sensiblement. Il s'y rendait au moins une fois tous les trois jours ; au cours de ses entretiens, Fouad prenait soin d'insister maintenant sur les retards apportés à l'embauche de Mkongwé. Le père Sharouani rétorquait alors que d'elle-même Mkongwé refusait d'abandonner son grand-père pour aller travailler chez le Seigneur Fouad. À chaque visite, le planteur posait la même question, et à chaque fois le père Sharouani faisait la même réponse au propriétaire.

Constatant que, par la méthode douce, avec ses questions, il n'avançait guère, il eut recours aux premières menaces, qu'il dissimula en parlant par énigmes :

– Père Sharouani, je vois que vous ne voulez pas que Mkongwé vienne s'employer chez moi ; et pourquoi ? Je cherche une jeune comme elle à embaucher, mais je vois que vous dressez des obstacles.

– Pas du tout, Seigneur Fouad, commença à répondre le vieux pour sa défense. Moi, je n'empêche personne d'aller travailler chez vous . et pourquoi le lui interdirai-je ? Elle peut refuser d'elle-même ; si elle est d'accord, je ne m'y opposerai pas.

– Eh bien alors, dis-lui de venir demain prendre son service.

– Je le lui dirai, Seigneur Fouad, et si elle peut, elle viendra. Au revoir, Maître. Vous êtes toujours le bienvenu, cher Seigneur.

Au terme de longs discours qui entremêlaient les mensonges aux menaces, Fouad réussit à faire accepter par le père Sharouani que Mkongwé aille s'embaucher chez le planteur, où le gros de son travail devait consister à aider Kijakazi dans ses interminables tâches sur le domaine.

Un jour Mkongwé était occupée à tirer de l'eau au puits ; elle y descendait un seau et le remontait avant de le replonger au fond du puits une fois l'eau versée dans sa cruche. Elle était à mille lieues d'imaginer qu'on l'épiait.

Fouad s'était caché dans les buissons ; il la regardait ; il admirait sa beauté. Il faut avouer que Mkongwé avait un corps splendide. Elle avait les joues bien rondes. De ses cheveux noirs tressés se dégageait un charme puissant. Une pièce d'étoffe noire lui enveloppait la poitrine ; elle s'était couvert le chef d'un *kanga,* et cette tenue, habituelle aux femmes de l'île, dessinait nettement les contours de ses seins que gonflait le lait de la jeunesse, et le reste de son corps.

Fouad resta longtemps à la reluquer avant de sortir des buissons où il était tapi ; il avança vers le puits où la fille se tenait. Celle-ci, à la vue de l'homme, ramena plus avant sur sa tête l'étoffe dont elle s'était coiffée, et se couvrit la poitrine.

– Comment ça va ?, interrogea Fouad dont le visage se renfrogna pour inspirer la peur.

– Très bien, Maître !, répondit Mkongwé.

Il la déshabilla du regard et s'éloigna aussitôt sans ajouter mot.

Le travail de Mkongwé sur la plantation de Fouad consistait à prendre part aux côtés de Kijakazi aux diverses besognes. En vérité elle n'avait pas été recrutée pour prêter main forte à Kijakazi afin d'alléger pour la vieille femme le fardeau de ses innombrables corvées. Au contraire, elle lui avait été adjointe pour accroître le rendement.

Il n'y avait rien de changé pour Kijakazi dans son travail : les tâches se succédaient sans la moindre pause. Mkongwé essaya de participer au labeur de Kijakazi, mais elle finit par se rendre compte qu'elle vieillirait avant son heure tant il y avait à faire. Aucun salaire ne s'attachait au travail effectué. On octroyait aux employés un lopin de terre à cultiver dont le patron pouvait les déposséder à tout moment sans que l'employé spolié pût aller se plaindre ailleurs.

Un jour, vers une heure de l'après-midi alors que le soleil tapait dur, les deux femmes étaient en train de couper de l'herbe pour les bêtes. Kijakazi n'avait pas le temps de discuter avec sa compagne, vu l'allure à laquelle elle se démenait. Soudain Mkongwé, courbée depuis une éternité à ramasser le foin, se redressa ; elle dévisagea Kijakazi. Lorsque celle-ci eut conscience du regard de la jeune fille posé sur elle, à son tour elle redressa le buste et reprit son souffle.

– Kijakazi, pourquoi vous travaillez comme ça ? Vous allez vous tuer à l'ouvrage. Et vous serez plus avancée quand vous vous serez démoli la santé à trimer pareillement ?, interrogea Mkongwé.

Kijakazi était stupéfaite des paroles de la fille : de sa vie, on ne lui avait jamais parlé de cette façon. Et c'était là des propos qu'elle n'appréciait guère, elle qui trouvait son bonheur à ce qu'on louât son zèle et son sérieux.

– Écoute, ma fille : c'est ici, et pas ailleurs, que je vais finir mes jours. C'est ici que j'ai débuté, c'est ici que je terminerai.

Mkongwé eut pour Kijakazi un regard apitoyé. En considérant l'âge atteint par la vieille femme, son délabrement physique et son acharnement au travail, elle la comparait à quelqu'un qui n'a plus sa tête et qui a résolu de mettre exprès fin à ses jours.

– Il n'y a pas de péché à faire le travail comme il faut. Et je pense qu'il n'y a personne ici qui ait envie de vous chasser ; mais je ne vois pas non plus pourquoi vous bossez comme une bête !, rétorqua Mkongwé.

– C'est comme ça que j'ai toujours vécu. Tiens, j'ai même l'impression de ne pas être au travail, tellement je suis habituée à cet état !, répondit Kijakazi.

Mkongwé accompagnait souvent Kijakazi et elle ne manquait jamais de l'exhorter à ne plus travailler comme une bête mais comme un être humain. La réponse venait, immuable : « C'est ici que j'ai débuté, c'est ici que je terminerai. »

La jeune fille finit par se lasser et se contenta de regarder sa compagne.

À la saison des clous de girofle, Fouad recruta toute une troupe de journaliers sur sa plantation pour la cueillette. Ses parents vinrent aussi de la ville pour aider aux comptes. On installa un camp pour les cueilleurs, tandis que l'ensemble du personnel habituel de Fouad délaissa ses travaux respectifs pour se joindre à l'opération. Fouad était sur la brèche, car c'était le moment où les sous allaient rentrer dans la cagnotte. Il redoublait alors de férocité, et l'ouvrier qui négligeait le moindre clou de girofle s'exposait à ses insultes, à ses brimades.

Un soir, Kijakazi et Mkongwé étaient assises sur une natte en palmes, face à face, avec entre elles deux un chaudron de clous verts qu'elles décortiquaient.

L'ouvrage n'ôtait rien à la détermination de la jeune fille, qui interpella bientôt son aînée :

– Hé ! Madame Kijakazi, vous allez travailler à ce rythme combien de temps ?, demanda Mkongwé.

Kijakazi sursauta : c'était la première fois de sa vie qu'on l'appelait « Madame » ! La seule « Madame » qu'elle connaissait en ce monde, c'était Mme Maïmouna, qui avait rendu l'âme il y avait déjà longtemps.

– Comment t'as dit ? Tu m'as appelée « Madame » ? Je t'en prie ! ne m'appelle pas comme ça ; je suis Kijakazi tout court.

– Si je vous ai appelée « Madame », c'est par respect ; vu votre âge, je vous considère comme ma propre mère qui m'a mise au monde. Et je vous redemande, au cas où vous n'avez pas entendu, madame Kijakazi, vous allez travailler comme ça jusqu'à quand ?

– Jusqu'à mon dernier jour.

Aussitôt Mkongwé se lança dans de longues explications : « Écoutez, madame Kijakazi : il faut absolument que vous fassiez dignement votre travail ; il faut que vous gardiez en mémoire que vous êtes un être humain. Si vous continuez au rythme actuel, vous nous causerez du tort à tous, parce que de temps à autre on entend le Seigneur Fouad dire : “T’as vu Kijakazi et le travail qu’elle abat ?” C’est à cause de vous qu’on se fait tous ici harceler par Fouad. Vous êtes devenue un modèle pour tout ce qu’il y a à faire et pour la façon dont vous acceptez d’être exploitée. Moi je n’accepterai pas d’être maintenue en esclavage comme vous ! »

Kijakazi en resta bouche bée. C’était comme des voix qu’elle entendait en rêve. Qu’on imagine ! Pas une seule fois le patron ne lui avait dit qu’elle faisait du bon boulot. Les éloges dont elle était l’objet se prononçaient toujours dans son dos : en tête à tête avec Fouad, elle ne connaissait d’autre langage chez lui que celui des reproches, des injures, des gros yeux, pareil qu’avec le Seigneur Malik.

– Ah ! est-il vrai que notre Maître Fouad dit ça ?, demanda-t-elle toute excitée.

– Madame Kijakazi, sans vouloir vous faire offense, vous auriez intérêt à arrêter vos bêtises ! D’ailleurs il est temps qu’on reprenne souffle une minute : après tout nous sommes des êtres humains autant que Fouad ! Vous ne vous rendez pas compte que votre Seigneur Fouad est un homme sans pitié qui vole la force d’autrui ?, dit Mkongwé très montée.

Pour Kijakazi, ces paroles lui entraient par une oreille pour en ressortir tout de suite par l’autre.

Son esprit était totalement accaparé par l'idée que le Seigneur Fouad (bien qu'en son absence et au bout de x années) avait cité son nom pour dire que son bon travail lui donnait satisfaction.

Elle se demanda pourquoi Fouad ne l'avait pas félicitée elle-même directement. Pourquoi n'avait-elle jamais entendu le moindre mot aimable à son adresse dans la bouche du maître ?

Jamais un compliment sur son travail ! Jamais la moindre petite plaisanterie non plus !

Ça ne fait rien, se dit-elle, en balayant tous ses doutes, parce que pour moi, Fouad c'est mon garçon, le garçon que j'ai élevé. Mkongwé ne venait-elle pas de lui dire qu'il chantait ses louanges devant les employés ? L'immense joie qu'elle en éprouvait rachetait tout.

Mkongwé ne souhaitait pas prolonger la conversation. Elles continuèrent à décortiquer les clous de girofle jusqu'à minuit sans échanger un seul mot ; puis chacune partit se coucher dans son coin.

Confrontés à un regain d'opposition politique dirigée contre eux, possédants et planteurs redoublèrent de haine envers les paysans et se vengèrent en adoptant des mesures répressives. Du même coup, pour la main-d'œuvre de Fouad et des autres planteurs, l'existence empirait. Beaucoup se virent chassés des plantations ; d'autres eurent leurs champs incendiés ou leurs cultures personnelles arrachées avant terme.

Ils furent nombreux à se réfugier en ville et à se réunir en un lieu nommé Kijangwani. Pour l'essentiel, pendant ces rassemblements, les discussions portaient sur les conditions de vie des paysans et les moyens de remédier à leurs difficultés. Ils n'avaient plus de terres à cultiver ; c'est-à-dire qu'ils avaient perdu la base même de leur subsistance.

L'impact de ces débats dépassait largement Kijangwani et la teneur en parvenait aux paysans des secteurs plus éloignés ; ce fut l'instrument majeur d'une importante prise de conscience chez les paysans, qu'ils aient été ou non chassés des terres.

Dès que l'occasion s'en présentait, les paysans qui ne s'étaient pas encore fait chasser se faufilaient en ville où on les mettait au courant des décisions prises par les citadins privés d'emploi, de nourriture et de logement.

Comme Fouad était loin de tout ça ! Il se réveilla au point du jour pour s'apprêter à partir à Zanzibar vendre ses clous de girofle. Il gagna la salle d'eau, fit sa toilette et passa dans sa chambre s'habiller. Il se frotta le crâne d'huile d'olive et se peigna en dessinant la raie bien nette. Il fit une razzia parmi les flacons de parfums qui se bousculaient sur sa tablette et s'en aspergea copieusement. Planté devant la glace, il s'examina, et quand il se trouva le charme désiré, sortit.

La voiture de Fouad abritait son chargement de girofles depuis la veille au soir. Fouad était maintenant prêt à aller vendre en ville les clous déjà séchés.

– Où est-ce qu'il est encore fourré, celui-là ? Hep là ! Qu'on aille me le dénicher !, cria-t-il à l'un de ses hommes qui avait déjà pris place à l'arrière du véhicule sur les sacs de girofle.

À peine l'homme était-il descendu pour aller appeler le chauffeur que ce dernier réapparut. Sans plus tarder on démarra : cap sur la ville, le chauffeur à l'avant, les porteurs à l'arrière !

Les jours où Fouad venait vendre ses clous de girofle à Zanzibar n'allaient pas sans grandes réjouissances. Il en profitait pour faire la fête en ville. Aussi *kanzu* et *kofia*, sa tenue de campagnard, avaient-ils été remisés. Ce jour-là il portait chemise à manches longues, pantalon de laine gris cendre et chaussures noires plein cuir soigneusement astiquées dès la veille par Kijakazi.

Ils eurent vite accompli le chemin séparant Koani du marché de la girofle à Zanzibar où ils trouvèrent les acheteurs fin prêts : ils n'attendaient plus que la marchandise.

– Vingt sacs ici, du premier choix !, dit le commissaire-priseur en faisant machinalement coulisser les poids de sa bascule, une fois pesée la livraison de Fouad.

Il délivra un bon à Fouad qui alla immédiatement retirer son argent au guichet le plus proche du marché de Malindi. Au bout de quelques minutes il revint à sa voiture. Ses ouvriers y avaient déjà pris place.

– Partez devant, vous ! Moi je reviendrai en taxi dans la soirée, leur lança-t-il gaiement, chose rarissime !

Il plongea une main dans une poche, en sortit de la monnaie et distribua deux shillings à chaque homme.

Les ouvriers étaient restés à l'intérieur du véhicule. Lorsque Fouad s'éloigna, ils l'accompagnèrent des yeux : il emprunta le chemin qui mène de Malindi à Forodhani, et quand ils le virent s'enfoncer dans les ruelles de la ville, ils démarrèrent.

Bon débarras ! Pour tous les employés de Fouad étaient chômés les jours où le maître allait en ville vendre ses clous de girofle. Ces jours-là ils vaquaient à leurs occupations : on partait en visite, on désherbait son champ, on se reposait. À travailler, il ne restait plus que Kijakazi qui voulait prouver à son maître qu'elle lui serait dévouée jusqu'à la fin de sa vie.

Ces jours-là, Fouad, de son côté, s'abîmait dans les plaisirs de la ville. Il en revenait ivre-mort, inconscient.

Pour Vouaï et ses camarades il s'agissait d'une occasion exceptionnelle, parce qu'un rassemblement général était programmé à Kijangwani précisément ce jour-là. Vouaï et son groupe s'étaient massés dans une petite remise, les uns assis sur de vieux bouts de nattes, d'autres sur des écorces de noix de coco et d'autres encore sur de simples noix pas encore décortiquées. Après quelques mots de salutation, Vouaï suggéra :

– Vous savez, aujourd'hui il faut que l'un de nous aille à Kijangwani écouter ce qui s'y dit.

– T'as qu'à y aller, toi ; au moins tu connais déjà un peu là-bas, proposa un autre ouvrier.

Vouaï gagna immédiatement la route et la chance voulut qu'il trouvât aussitôt une voiture qui sortait de Mchangani et qui prenait la route de la ville.

De son côté, à Zanzibar, après avoir réglé toutes ses affaires, Fouad passa voir son ami Nassor.

Jeune homme sans grandes fréquentations, Nassor ne sortait guère qu'avec Fouad. Son père, ancien planteur lui aussi, était mort brutalement après s'être fait déposséder de ses terres par un usurier indien, faute d'avoir pu lui rembourser des dettes contractées pour sa récolte de girofles.

À sa mort le père de Nassor ne laissa rien et Nassor fut happé à son tour par la vague qui emportait les paysans et les jetait en ville à la recherche d'un gagne-pain. Au cours de ses bordées à Zanzibar, Fouad ne tolérait pour acolyte que Nassor. Il appréciait sa compagnie pour la bonne raison que Nassor possédait à fond sa ville : il en connaissait tous les lieux de débauche ; et c'est précisément ce que Fouad recherchait.

Les deux hommes marchèrent jusqu'au Lusitania, un bar situé dans le quartier des Deux-Phares. Ils y entrèrent et y trouvèrent des gens qui consommaient diverses boissons. Fouad plaisanta avec deux ou trois personnes de sa connaissance. Puis Nassor et lui se postèrent dans un coin.

– Qu'est-ce que tu prends ?, demanda Fouad à Nassor.

– Une bière, mais pas glacée.

Fouad commanda deux bières dont une seule glacée. Ces deux bières englouties il en vint d'autres. Et canettes de se suivre !... Quand Fouad eut son compte de bière, il lança tout bonnement :

– Et maintenant, au whisky !

Habitué à donner des ordres et poussé par son autoritarisme, il ne pensait qu'à s'imposer, sans regard pour qui l'accompagnait.

Les deux whiskies commandés par Fouad leur furent promptement servis. Fouad, succombant sous l'alcool, céda peu à peu à la sensiblerie des ivrognes. Il payait un coup à tous ceux qui lui disaient bonjour. Plus l'heure tournait, plus sa table se noircissait de monde ; et sur le coup de trois heures, cet après-midi-là, elle était jonchée d'une forêt de bouteilles – des alcools de toute nature.

La beuverie battait son plein, agrémentée de chansons arabes, de chants indiens, d'airs de *taarab* swahili.

Ils burent jusqu'à la tombée du jour ; ensuite, ils descendirent au faubourg parachever l'orgie.

Après avoir épuisé les voluptés requises, Fouad prit un taxi pour rentrer chez lui.

Kijakazi l'y attendait plus morte que vive. Elle ignorait ce qui avait pu lui arriver là-bas, en ville et dès la tombée de la nuit, elle s'était postée dehors, les yeux rivés sur la route de Zanzibar, dans l'espoir que Fouad rentrerait sain et sauf. Vers neuf heures du soir, le taxi déposa Fouad à sa porte. Il gagna directement sa chambre et se jeta tout habillé sur son lit sans même retirer ses chaussures.

– Dieu soit loué ! Tout est bien qui finit bien ! Le maître est rentré sain et sauf !, dit Kijakazi avec un grand soupir de soulagement.

Elle se glissa discrètement à l'intérieur du palais pour s'assurer que Fouad n'avait besoin de rien. Parvenue à la chambre, elle le vit étendu sur le dos, ronflant, bavant, la tête sur le lit, les pieds se balançant dans le vide.

Elle s'efforça de le soulever pour l'étendre correctement ; puis elle lui ôta chaussures et chaussettes. Elle voulut même lui enlever le reste de ses vêtements, mais il pesait si lourd qu'elle en fut pour ses frais. Elle déroula la moustiquaire, puis se tint humblement à côté du lit, les yeux fixés sur son maître vénéré. Enfin elle éteignit la lumière, ferma la porte et laissa Fouad dormir son sommeil de plomb.

Par bonheur Vouaï rentra de la ville avant Fouad, mais il ne voulut rien dire tout de suite à ses camarades. Il souhaitait les réunir un peu plus tard, une fois le patron endormi. Il les invita donc à se rassembler sur la route cette nuit-là à l'heure habituelle de leurs conciliabules.

Vouaï s'assura d'abord que Fouad dormait et qu'il n'éprouverait pas l'envie de se réveiller de la nuit ; puis il gagna la route où ses camarades l'attendaient avec impatience. Il n'était pas encore assis que l'un des hommes le questionna :

– Alors, qu'est-ce qu'ils ont dit en ville ?

– Hé là ! attends que je m'assoie au moins. Il n'y a pas le feu, non?

Vouaï prit place et après les salutations d'usage, il commença à leur rapporter ce qu'il avait entendu en ville.

– J'ai entendu dire qu'on va acheter des terres et que ceux qui ont été chassés de chez les planteurs en recevront tous un bout à cultiver.

– Et d'où viendra l'argent pour acheter la terre en question ?, demanda l'un des auditeurs, tous très attentifs.

– Ah ! je n'en sais rien, moi ; mais en ville ils sauront, eux, répondit Vouaï.

– On dit souvent : « Quand tu vois ton voisin se raser, tu as intérêt à ton tour à préparer de l'eau. »

Et alors, d'après toi, Vouaï, qu'est-ce qu'il va nous arriver à nous tous qui travaillons chez Fouad ?, interrogea un autre.

– Eh ! Que veux-tu qu'il nous arrive sinon d'être chassés à notre tour comme les autres ?

– Et ceux qu'on a chassés, pourquoi l'ont-ils été au juste ?

– C'est que les gens en ont marre d'être en esclavage, père Oussi, répondit Vouaï.

Le débat dura jusqu'à dix heures du soir et lorsqu'ils furent las, les ouvriers regagnèrent vite leurs cahutes pour se coucher.

Au réveil, Fouad, avec sa gueule-de-bois, repartit à la ville achever ceux des plaisirs qu'il avait écourtés la veille.

Après une toilette succincte, il envoya un paysan chercher son chauffeur. Ce dernier, au bout d'un moment, arriva au volant de la camionnette, persuadé qu'une nouvelle cargaison de girofles attendait d'être livrée au port.

En fait la voiture partit pour Zanzibar sans autre passager que Fouad. De tout le voyage il ne dit mot au chauffeur. Une foule de pensées lui trottait dans la tête.

Il songeait à son rang, à sa fortune, au pouvoir qu'il détenait sur l'ensemble du personnel de sa plantation, pour en conclure qu'en dépit de ces atouts, son train de vie n'était pas encore à la hauteur.

Il s'imagina au volant d'une somptueuse automobile, à parader d'un bout à l'autre de la ville : tous les yeux s'écarquilleraient à son passage. Il estima indigne d'un jeune homme de son rang de circuler en camionnette aux côtés de ses esclaves. Il était par ailleurs fatigué de prendre le taxi et de se faire conduire par un chauffeur qui ne pouvait se soumettre exclusivement à tous ses caprices.

Aussi, quelques jours plus tard, Fouad s'acheta-t-il une grosse *Rambler* bleu turquoise.

Simple bagatelle pour lui ! Riche, il n'avait point l'avarice de son père. Feu le Seigneur Malik comptait chaque sou, calculait chaque dépense. Fouad, lui, ne s'était pas trop usé à acquérir ses biens : il s'était contenté d'hériter. Un beau jour il avait ouvert les yeux : il s'était découvert grand monsieur, maître d'une armée d'esclaves qu'il exploitait à sa guise.

Et il s'adonnait aux voluptés de la vie comme il sied à tout garçon riche de son âge.

Tous les jeunes gens l'enviaient quand il roulait en ville dans sa voiture. Célèbre auprès de tous les planteurs qui résidaient en ville, il se faisait inviter comme prétendant par tous ceux qui avaient une fille à marier. Chez eux tous, il avait ses entrées, et donc mille et une occasions de voir ces filles qui luisaient de blancheur à force d'être cloîtrées.

De son côté, il entendait se marier. Il commençait à être blasé des fredaines de la jeunesse et il se mit en quête d'une fiancée dont il ferait sa femme légitime.

Sur place à Koani les filles de planteurs ne manquaient pas. Mais parmi toutes celles qu'il voyait, tant à Koani qu'en ville, il n'en aimait aucune au point de l'épouser. Il exigeait une femme d'une beauté sans égal. Aucune des filles en lice n'était assez belle pour lui. Aussi les voyages à Zanzibar n'en finissaient-ils plus. Il les dénommait lui-même ses chasses au pays des fiancées... Il quittait Koani sur les chapeaux de roue et caracolait aux quatre coins de la ville en reluquant toutes les filles en vue.

– Oh ! là ! là ! Ce garçon et son auto !, se disait Kijakazi à chaque fois qu'elle voyait Fouad démarrer au volant de sa *Rambler*.

Du fond de son cœur elle ne formulait pour lui que des vœux de succès et de bonheur dans tout ce qu'il entreprenait. Elle n'aimait pas le voir dans cette voiture, qu'il conduisait à toute allure. Elle en ressentait une angoisse folle.

– À supposer qu'il capote avec cette espèce de monstre ! Dieu sait ce qu'il adviendra ! Il s'esquintera, le pauvre !

Ces idées noires furent une source de tracas supplémentaire. À chaque fois que Fouad partait en expédition à Zanzibar, à la recherche d'une fiancée, Kijakazi ne vivait plus tant qu'elle ne l'avait pas vu de retour, indemne.

Les mois s'écoulaient. La situation des paysans empirait. Les planteurs, de concert avec les colons, accentuaient leur répression dont le peuple essayait, faute de pouvoir l'empêcher, d'esquiver les effets.

Vouaï ne se lassait pas d'aller en ville écouter ce qui s'y débattait des projets des paysans et de la façon dont ils pourraient changer leur vie. À chaque fois qu'il entendait dire que les dirigeants politiques organisaient une assemblée générale en ville ou à la campagne, Vouaï faisait tout son possible pour y assister afin d'en informer ses camarades. Fouad savait très bien lui aussi ce qui se tramait et n'éprouvait que haine pour qui il entendait discuter du combat en faveur des paysans et des déshérités.

Un dimanche, un grand rassemblement public eut lieu à Raha Léo, que Vouaï ne voulait manquer à aucun prix. À force de ruses, il s'y rendit. L'assistance comprenait des milliers d'ouvriers et de paysans. Il écouta avec passion les discours prononcés par les responsables au cours de ce rassemblement. Sitôt la réunion finie, il se dépêcha de rentrer à Koani.

La nuit tombée, c'était l'heure d'aller discuter sur la route. Vouaï arriva en avance. Il avait la langue qui le démangeait, tant il était impatient de raconter ce qu'il avait entendu au rassemblement.

Les participants à peine regroupés, il commença :

– La réunion d'aujourd'hui était capitale, et ce qui s'y est discuté met vraiment le cœur en joie. Ce que j'ai entendu aujourd'hui est formidable. Les camarades qui nous aident ont organisé un rassemblement sur l'esplanade de Raha Léo ce dimanche, et ce que l'un des gars y a dit nous concerne au premier chef... quelque chose d'extraordinaire !

– Eh bien ! vas-y ! Qu'est-ce qui s'y est dit ?, interrogea un autre paysan.

– Des choses de première importance ! Et si ça se concrétise, fini pour nous d'être exploités par Fouad ! Il a été dit d'abord que tous ces changements ne peuvent intervenir tant que les colons ne seront pas partis de chez nous. Ensuite, ce sont les paysans eux-mêmes qui prendront les mesures nécessaires pour changer leur vie, expliqua Vouaï.

– Il a dit ça ?

– Il a dit que les paysans étaient des êtres humains comme les autres et qu'il fallait donc tout mettre en œuvre pour qu'ils soient traités comme des êtres humains tout au long de leur vie, et qu'ils disposent de logements corrects, modernes, dotés de l'électricité, et que leur soient allouées les terres des planteurs.

Ici il fut moins clair ; il hésita, avant de reprendre :

– Ces terres seront partagées après le départ des colons.

– Oui : si on regarde bien, c'est la seule voie à

suivre. Ces messieurs les planteurs nous grugent à mort, mais c'est un fait qu'actuellement nous sommes coincés. C'est comme ça !, intervint un jeune, parmi un groupe d'ouvriers qui, dans le noir, écoutaient les explications de Vouaï.

Les idées que ce dernier rapportait de la ville ne se répandaient pas parmi les seuls employés de Fouad ; elles circulaient dans tous les secteurs de Koani, aussi loin que Mwéra. C'était toujours les mêmes sujets dont s'entretenaient les paysans. Les idées bouillonnaient dans leur tête ; ils n'avaient besoin que d'être dirigés, car ils étaient prêts, pour leur part, à tout. Ils en avaient assez. Ils ne voyaient plus aucune différence entre mourir ou vivre dans cet état.

À présent Vouaï et ses camarades ne se contentaient plus d'être de simples spectateurs des débats pendant les rassemblements ; cette fois-ci ils convinrent d'établir un lien plus significatif avec leurs frères en ville qui les soutenaient.

– À la première occasion j'irai là-bas à Kijangwani contacter ceux qui comprennent mieux tout ce programme, annonça Vouaï qui bavardait avec un autre paysan pendant qu'ils désherbaient autour des girofliers dans la plantation de Fouad. Il suffisait d'attendre l'occasion habituelle : que le patron aille vendre ses clous de girofle en ville.

Il n'eut pas longtemps à attendre. Sitôt Fouad parti au volant de sa *Rambler,* précédé par la camionnette qui transportait la girofle, Vouaï mit le cap sur Zanzibar.

À onze heures, il arrivait à Kijangwani. Il gagna un petit baraquement en dur qui ressemblait à un bureau. Il voulut y pénétrer, mais hésita une seconde. Des gens rentraient, sortaient, dont beaucoup, vu leur tenue, semblaient être originaires de la campagne comme Vouaï lui-même.

– Dites-moi, monsieur, qui est-ce qu'on peut voir ici quand on a des problèmes ?, demanda Vouaï à quelqu'un qui sortait du baraquement.

– Vous avez des ennuis ? Vous vous êtes fait chasser de chez un planteur ?, s'enquit l'autre.

– S'il n'y avait que ça ! Mais il y a tout le reste, répondit Vouaï.

Il ne tenait pas à raconter au premier venu tout ce qu'il avait sur le cœur ; il réservait la primeur de l'information à qui de droit.

– Quand vous rentrez, à droite vous verrez une porte. Entrez et vous trouverez quelqu'un à qui vous pourrez expliquer vos ennuis, l'informa son interlocuteur.

– Merci, monsieur !

L'homme partit de son côté et Vouaï entra dans la petite maison. Il frappa à la porte : on lui dit d'entrer. Il ouvrit et se trouva en présence d'un homme jeune assis derrière une table. Il était tellement absorbé par ce qu'il écrivait qu'il ne jeta même pas un coup d'œil sur le visiteur.

Au bout de quelques instants, le jeune homme leva le nez : il aperçut Vouaï debout à la porte.

– Entre, frère !, lui dit-il.

Il l'invita à prendre place sur l'une des chaises disposées tout autour de la pièce et commença aussitôt à lui poser des questions.

– Qu'est-ce que je peux faire pour toi, mon frère ?

– C'est seulement un petit problème qui m'amène ici, monsieur, commença Vouaï.

– Tout d'abord, frère, je voudrais que tu saches bien qu'ici il n'y a pas de « monsieur » qui tienne. Nous sommes tous frères ici, des frères unis pour faire la guerre aux négociants et aux planteurs, lui expliqua le garçon.

– Merci de m'avoir prévenu, monsieur !, répondit Vouaï.

Il était habitué à donner du « monsieur » à tous ceux qu'il considérait comme ses supérieurs, parce qu'il vivait depuis si longtemps chez les possédants ; il était accoutumé à trembler devant n'importe qui. Son interlocuteur comprenait parfaitement et il le laissa continuer à l'appeler « monsieur » malgré le peu de plaisir qu'il y prenait.

– Je viens de Koani, monsieur ; je travaille chez le Seigneur Fouad. J'ai souvent assisté aux rassemblements qui ont lieu ici en ville ; et mes camarades de Koani et moi, il y a certaines choses qu'on ne comprend pas très bien.

– Tu as bien fait de venir, reprit le gars. Ce sont justement des gens comme vous que nous recherchons : des gens qui n'ont pas compris certaines choses et qui veulent qu'on les leur explique ; tu ne t'es vraiment pas trompé d'adresse, car c'est précisément la fonction de ce bureau, expliqua-t-il à Vouaï. Chez qui tu m'as dit que tu étais en place déjà ?

– Chez le Seigneur Fouad.

– Fouad... Fouad... Fouad..., répéta l'autre, comme si ce nom lui rappelait quelque chose. Ah ! j'y suis ! Fouad ! Nous avons quelque chose sur lui ici ; attends une minute, s'il te plaît.

Il se leva, se dirigea vers un grand placard placé à côté de la table, en sortit un dossier et se mit à le compulser.

– Voilà !... Fouad ! C'est bien ça ! Nous avons quelque chose sur lui. C'est un planteur qui a déjà voulu prendre de force une jeune qui travaillait sur son domaine, annonça l'homme. Sur la plantation où vous travaillez, n'y a-t-il pas une jeune fille qui s'appelle Mariam ?

– Mariam ? C'est celle qui s'est enfuie l'autre jour ; je crois que le patron voulait la battre ; c'est-à-dire que le jour où elle est partie, elle avait commencé à se faire houspiller et insulter par Fouad, commenta Vouaï.

– En fait, il voulait la prendre et la violer ; voilà la vérité ; et c'est pour ça qu'elle s'est enfuie.

– Ah bon ?, demanda Vouaï ébahi.

– Maintenant, écoute : les gars avec qui tu es chez ce Fouad, on peut compter sur eux ou non ?

– Il y en a à qui on peut se fier et d'autres qui ne sont pas aptes, répondit Vouaï.

– Et qu'est-ce que vous voulez savoir au juste toi et tes copains ?

– Nous voulons être informés de tout ce qu'on a entendu dire à propos de notre vie.

– Écoute : va voir tes camarades, et dis-leur que la vie des paysans va changer, que Fouad le veuille ou non. C'est pareil : si vous avez la possibilité d'organiser quelque chose, moi je peux me déplacer à Koani pour discuter avec tout le monde sur place. C'est peut-être ça le plus efficace.

– Il a dit : « Que Fouad le veuille ou non ! » expliquait Vouaï à ses compagnons attentifs, un soir où ils étaient réunis près de la route.

– Comment ça : « Que Fouad le veuille ou non » ? Par la force ?, s'enquit un paysan.

– J'ignore si c'est par la force ou de plein gré moi, ce qu'il m'a dit, c'est : « Que Fouad le veuille ou non », notre vie va changer.

– Moi aussi je trouve ça extraordinaire, renchérit un autre.

Les discussions du groupe avaient complètement changé de thème. Il n'était plus question de filles. Maintenant à chaque fois qu'ils se rencontraient, ils parlaient des graves difficultés de leur existence. Vouaï changea lui aussi complètement de point de vue. Il se fit l'instructeur de ses camarades pour leur parler de la vie et du sens dans lequel le monde bougeait. Certains l'approuvaient ; d'autres ne croyaient pas un mot de ce qu'il leur racontait. Lui ne se fâchait absolument pas contre ceux qui n'étaient pas d'accord avec lui. Il partait du principe qu'ils étaient tous en faveur d'un changement dans leur vie. Tous en avaient assez d'être sous la férule des planteurs.

En ville la situation devenait explosive à mesure que les luttes des ouvriers de Zanzibar parvenaient à la connaissance des paysans aux quatre coins de l'île, y compris du groupe de Vouaï.

– Il est temps de s'arranger pour permettre aux gars de venir ici discuter avec nous, annonça Vouaï au cours d'une de leurs réunions nocturnes sur la route.

– Et comment se débrouillera-t-il pour venir ici et nous rencontrer ? Avec le Seigneur Fouad qui en ce moment montre les crocs plus que jamais ?, dit un paysan.

– Nous allons préparer sa venue. Alors, comme ça, Fouad à lui tout seul réussirait à nous damer le pion à tous ?, interrogea Vouaï.

– Préparer sa venue comment ? Il n'y a pas un seul d'entre nous qui ait un endroit convenable où nous pourrons rencontrer ce type-là !

– Un endroit convenable, ça s'arrange. L'important, c'est que nous soyons tous d'accord. Et je crois qu'on n'a pas besoin de se dissimuler, vu que Fouad finira par être au courant, et je ne crois pas qu'on ait à avoir peur de lui, expliqua Vouaï à ses partenaires.

– Ce n'est pas une question d'avoir peur de lui ; mais il faut qu'on soit prudent, parce que le jour où on sera renvoyé d'ici...

Avant que le paysan qui s'exprimait ainsi n'ait eu le temps de terminer sa phrase, Vouaï lui coupa la parole :

– Écoute, Oumari : il y a quantité de nos frères qui ont déjà été mis à la porte, ce qui ne les empêche pas d'être encore en vie aujourd'hui. À mon avis, à partir du moment où on a décidé de faire une chose, faisons-la : advienne que pourra ! Quant à la prudence, elle est indispensable, car ça ne sert à rien d'agir comme des fous. Mais quoi qu'il arrive, c'est à nous d'y faire face.

– Alors, disons à ce gars de venir. Nous ferons notre possible pour pouvoir l'accueillir, jusque dans le maquis s'il le faut !, dit Oumari. Quand est-ce que tu retournes en ville ?

– Comme d'habitude : dès que Fouad part vendre ses clous, à mon tour je file...

Ce jour-là, Fouad rentra de Zanzibar à minuit, complètement soûl. Il roulait à toute allure, et arrivé chez lui, il joua du klaxon : il réveilla tout le monde, mais personne ne fit attention à lui.

Alors qu'il était en train de boire dans un bar de la ville, il avait entendu abondamment discuter d'un groupe de gens convenus de lutter contre les planteurs. Cela lui avait hérissé le poil ; il s'était juré de tuer purement et simplement le premier à semer la zizanie sur son propre domaine.

Le vacarme de l'avertisseur n'alerta personne sauf Kijakazi qui coupa court à son repos pour accourir aux ordres de son cher seigneur. Elle alla jusqu'à la voiture et trouva Fouad à l'intérieur, alors que la portière était ouverte. Elle s'approcha du véhicule à pas de loup, mais entendit aussitôt la voix avinée de Fouad qui lui demandait :

– Qu'est-ce que tu fous ici à cette heure-ci ?

– Ah ! Maître ! je suis venue à votre appel. J'ai cru qu'il vous était arrivé un malheur !, répondit Kijakazi prise de panique.

– Ha ! Ha ! Ha !, s'esclaffa bruyamment Fouad, avant d'ajouter : Et même s'il m'était arrivé quelque chose, qu'est-ce qu'une vieille croûte comme toi pourrait bien faire ? Va-t-en de là, duduche !

Kijakazi se hâta de faire demi-tour pour revenir à son point de départ, mais elle entendit soudain la voix de Fouad qui la rappelait.

– En attendant, ramène-toi ici !

Elle retourna auprès de Fouad qui aussitôt se mit à la questionner.

– Mkongwé, où elle est ?

– Je crois qu'elle dort, Maître, répondit Kijakazi.

– Mmmm ! Tu peux partir maintenant.

Il descendit de voiture, ferma toutes les portières et resta un moment appuyé contre l'auto. Ce soir-là son ivresse l'entraînait vers Mkongwé, et c'est la direction de sa cabane qu'il choisit.

Parvenu au but, il ne prit même pas la peine de frapper. Il poussa la porte, que bloquait une souche d'arbre. Mkongwé sursauta, se précipita hors du lit où elle dormait et s'écria :

– Au voleur ! Au voleur ! Au voleur !

C'était au cœur de la nuit, et ses cris se répercutèrent très loin. Les gens sortirent de leurs cabanes, l'arme au poing : coupe-coupe, bâtons, barres de fer ou toute autre arme qui leur était tombée sous la main. Ils s'élancèrent en direction du lieu d'où provenait le charivari.

– Où est-il, ce voleur ?, commencèrent-ils à se demander mutuellement.

Soudain ils entendirent la voix de Fouad leur répondre :

– Il n'y a pas de voleur ! Qui est-ce qui oserait venir voler sur mon domaine ? C'est seulement cette Mkongwé qui veut vous déranger.

– Quoi ! Vous ! Maître Fouad ! Comment se fait-il que vous soyez ici à cette heure-ci ?, demanda Vouaï. Il se trouvait parmi ceux qui étaient venus pour s'emparer du voleur.

– Vous feriez mieux d'aller vous recoucher, et plus vite que ça !, ordonna Fouad.

Il n'avait pas eu le temps de mettre son plan à exécution, et il jugea préférable de retourner chez lui dormir parce que, sous l'effet de l'alcool, il avait la tête qui lui tournait de plus en plus.

Mkongwé passa une nuit blanche. Elle s'attendait à voir Fouad resurgir à tout instant ; mais heureusement il ne revint pas.

Le lendemain matin chacun reprit sa besogne habituelle. L'histoire de Fouad se propagea de bouche à oreille aux quatre coins de la plantation. Pour Vouaï ce n'était là rien de neuf, car il avait déjà eu vent des visées de Fouad sur Mariam. Les ouvriers ne donnaient pas particulièrement l'impression de s'intéresser aux affaires du propriétaire, mais chacun d'eux n'en pensait pas moins.

Fouad n'éprouva ni honte ni remords. Il ne faisait aucun cas des gens vivant sur son domaine. Il s'estimait tout permis sans le moindre scrupule. Mieux : il ne se rendait même pas compte de toutes les infamies qu'il commettait.

Vouaï et ses camarades préparèrent sérieusement le passage du jeune gars de la ville qui devait venir discuter avec eux. Ils essayèrent de chercher un endroit spécial, mais finalement ils convinrent de se rassembler sur la route, lieu de leurs réunions nocturnes habituelles. Ils jugèrent qu'ils n'éveilleraient pas de soupçons en s'y regroupant ce jour-là.

Vers huit heures du soir le jeune arriva de Koani. Après avoir cherché quelques instants l'endroit que Vouaï lui avait indiqué, il tomba sur une dizaine d'hommes, réunis sur la route, qui l'attendaient sans donner pour autant l'impression d'être en train d'attendre quelqu'un ; un ennemi qui aurait surgi tout d'un coup se serait imaginé qu'ils étaient à bavarder comme ont coutume de le faire les gens de la campagne : assis sur la route à discuter le coup.

Le visiteur, venu à bicyclette, la laissa dans les parages. Il était habillé en paysan afin de ne pas être pris pour quelqu'un d'étranger au secteur.

Vouaï fut le premier à le reconnaître. Il l'accueillit et tout le monde s'installa sur le bas-côté de la route.

– Alors, comment ça va ici ?, interrogea le nouveau venu.

– La situation n'a pas changé depuis qu'on a discuté ensemble, monsieur, répondit Vouaï.

– Comme vous le savez, je viens de la ville en délégué. On m'a envoyé chez vous, camarades, après la visite que nous a rendue notre ami ici présent, dit l'homme en désignant Vouaï du doigt.

– Je m'appelle Vouaï.

– D'accord. Mon nom à moi, c'est Marijani.

– Eh bien donc, monsieur Marijani, les choses sont telles qu'on en a parlé tous les deux l'autre jour dans votre bureau. Nous vous attendons ici avec une grande impatience ; oui, voici longtemps que nous attendons ce moment. Il y a mille et une choses que mes compagnons veulent savoir. Aussi je crois qu'après votre intervention, ils auront encore plein de questions à vous poser.

– Écoutez, commença Marijani, entouré, pressé de tous côtés par l'assistance avide d'entendre ce qu'il dirait. Les problèmes que vous avez sont ceux qu'ont les paysans de l'île. Il y en a même qui sont encore moins bien lotis que vous dans la mesure où ils se sont fait chasser des domaines. Moi aussi je suis originaire de la campagne ; je suis de Dongué, et bien que j'habite en ville, mes parents sont encore là-bas. Je vais les voir toutes les semaines. C'est pourquoi vos problèmes, je les connais.

– Mais monsieur..., dit un paysan, aussitôt interrompu par Marijani.

– Écoutez, de grâce, ne m'appelez pas « monsieur ». J'aimerais mieux que vous m'appeliez « frère » : je trouve ça plus flatteur.

Il poursuivit :

– Touchant à la vie des paysans en général, nous avons un programme cohérent. Notre intention n'est pas du tout d'intercéder en votre faveur auprès des planteurs dans l'espoir qu'ensuite ils auront pitié de vous : jamais de la vie ! Ces gens-là n'ont pas de pitié, et ça n'a aucun sens de tabler sur de la compassion là où elle n'existe pas. Nous avons un projet d'avenir bien plus sérieux ; nous en discuterons quand nous nous connaîtrons parfaitement. Mais déjà je veux que vous le sachiez tous : les paysans qui ont été renvoyés ont tous reçu un autre lopin et continuent à vivre à la campagne ; et ceux qui, à l'avenir seront chassés de chez les planteurs recevront ce qu'il leur faut de terrain.

Ils buvaient ses paroles, les yeux écarquillés pour distinguer ses traits dans l'obscurité qui régnait sans partage cette nuit-là. Autour, c'était le silence ; on entendait seulement de temps en temps le cri d'une chouette ou la chanson d'un lémur ivre de vin de palme. Il n'y avait que Marijani qui parlait. À chaque fois que quelqu'un passait près de leur rassemblement clandestin, Marijani s'arrêtait de causer : le passant saluait, on lui répondait, il s'éloignait...

– Vous savez, frères, il faut absolument que je vous quitte pour retourner à la ville, parce que, s'ils me voient passer au milieu de la nuit, les flics de Mwéra vont me chercher des noises.

– C'est lequel qui te cherche des histoires ?, s'enquit Vouaï.

– Les soldats sont constamment sur notre dos, mais ça n'a pas d'importance ! Tous ceux d'entre vous qui en avez l'occasion, vous pouvez filer à Zanzibar n'importe quand, conclut Marijani en serrant les mains en signe d'adieu.

Marijani et Vouaï se virent fréquemment à Kijangwani et mirent sur pied nombre de projets.

Tout ce qu'annonçait Marijani, Vouaï en avertissait ses copains et la liaison avec le quartier général du mouvement patriotique fonctionnait de manière satisfaisante.

Ces contacts s'effectuaient en secret, à l'insu de Fouad. Il n'était certes pas sans comprendre la haine qui séparait les paysans des planteurs sur toute l'étendue de l'île. Mais ce qu'il n'arrivait pas à concevoir, c'était qu'il pourrait se produire une prise de conscience de la part de la paysannerie, et, en outre, que cette ébullition pourrait gagner jusqu'aux esclaves de sa propre plantation.

Un mois après la rencontre de Marijani et du groupe de paysans de Koani, les patriotes annoncèrent un grand rassemblement, toujours à Kijangwani, devant leur Q.G. Ce jour-là, Fouad devait lui aussi se rendre à Zanzibar, non point pour assister à cette réunion, mais pour y assouvir ses propres passions.

Vouaï entendait ne pas laisser une occasion pareille lui filer entre les doigts. Il fit des pieds et des mains pour s'y rendre. Après le départ de Fouad il entreprit de trouver une voiture, mais sans succès.

D'habitude la route de Koani était très fréquentée, mais ce jour-là la malchance voulut qu'elle restât longtemps vide. Vouaï se mit en route à pied. Il dut parcourir plus de six kilomètres, jusqu'à la hauteur de Msikiti-Nakoufouli avant d'être pris en voiture. Quand il arriva à Kijangwani, la foule convergeait. Beaucoup portaient des vêtements sales, signe qu'ils sortaient du travail sans avoir eu le temps de passer chez eux.

Les débats furent passionnants et l'heure tourna sans que Vouaï ait vraiment conscience qu'il devait rentrer vite à Koani. La réunion s'acheva à six heures du soir et il resta même à discuter après avec des personnes que ses fréquentes visites à Kijangwani lui avaient fait connaître.

Quand il se rendit compte de l'heure, il était sept heures et demie ! Il repartit à pied pour Koani. Cette fois-ci encore il marcha une bonne distance ; la nuit le surprit en chemin. Juste avant Mwéra il aperçut à une certaine distance des phares de voiture, qui l'éblouissaient. Il décida de faire signe au chauffeur, qui que ce fût, pour qu'il s'arrêtât.

– Ho ! Ho ! Ho !, cria-t-il quand l'auto fut à sa hauteur.

C'était vraiment jour de déveine pour Vouaï ! La voiture de Fouad ! Pour comble de malchance, ce dernier stoppa brutalement, curieux de savoir quel était ce « chien » qui osait lui crier de s'arrêter. Éméché, sans être ivre mort, il était en mesure de converser sans trahir son ivresse, sauf peut-être pour qui connaissait l'odeur de l'alcool.

– Qui est-ce ?, demanda Fouad après s'être arrêté.

Il faisait noir. Il ne voyait pas Vouaï distinctement. Il dut passer la tête par la vitre pour identifier l'homme qui l'avait contraint à l'arrêt.

Vouaï avait déjà reconnu l'automobile de Fouad. Et maintenant, catastrophe ! il n'avait aucun moyen de ne pas être reconnu à son tour.

– Qu'est-ce que tu fiches ici à cette heure-ci, toi ?, brailla Fouad.

Vouaï resta muet de stupeur. Il ne savait que répondre, incapable d'inventer un mensonge qui l'aurait sauvé.

– Je vois ! Ce sont donc là vos manigances. On se reverra.

Et il relança sa voiture dont il avait laissé le moteur tourner pendant qu'il parlait à Vouaï.

Ce dernier se retrouva seul sur la route. Les paroles de Fouad ne l'avaient guère surpris. Cet incident le décida à poursuivre tranquillement à pied, prêt à toute éventualité. Peu après le passage du planteur, apparut un cycliste qui accepta de prendre Vouaï sur son porte-bagage ; il le transporta jusqu'à Koani où Vouaï constata que Fouad était déjà parti se coucher.

Cette nuit-là Vouaï rentra chez lui épuise. Il n'assista pas à la réunion habituelle où les autres l'attendaient pourtant avec impatience. Il continua son chemin tout droit jusqu'à sa cabane pour s'y reposer.

Fouad n'était point si sot qu'il ne comprît le

mécontentement des paysans envers les propriétaires fonciers et il était persuadé que ce n'était pas la première fois que Vouaï s'échappait du domaine pour se rendre à Zanzibar.

Le comportement de son ouvrier l'avait offusqué ; il vit dans ces fugues répétées un véritable crime de lèse-majesté. Le sang lui bouillait dans les veines. Il ne put fermer l'œil de la nuit à l'idée que ses propres larbins n'avaient plus peur au point de s'échapper. Dès l'aube, il prit sa voiture pour aller à Zanzibar. Il traîna en ville, à regarder les diverses scènes matinales, et vers neuf heures il se rendit à Darajani

Il gara son véhicule devant une grande bâtisse ancienne parfaitement entretenue. Au rez-de-chaussée du palais, on voyait des gens rentrer et sortir. Près de la porte d'entrée du bâtiment, se dressait une table derrière laquelle un garçon collectait l'argent d'un cercle d'hommes à qui il remettait les reçus.

Dès l'entrée Fouad croisa un homme fort bien mis qui portait une kofia brodée main parfaitement ajustée sur le chef, un superbe gilet ouvragé, et un *kanzu* de mousseline.

– Dieu vous protège !, dit Fouad en guise de salut.

– Et qu'Il vous ait en Sa bonne garde ! Comment allez-vous ?

– Très bien, répondit Fouad, donnant à comprendre qu'il était pressé. Dites-moi, monsieur, auriez-vous vu le Seigneur Marjébi ?

– Je viens de l'apercevoir à l'instant, répondit l'autre, jetant un regard à droite et à gauche comme s'il cherchait la personne en question. Allez donc voir là-haut ; peut-être qu'il est monté, reprit-il.

Fouad prit aussitôt l'escalier, qu'il grimpa quatre à quatre. Parvenu en haut il interrogea la première personne en vue qui le guida jusqu'au bureau du Seigneur Marjébi. Fouad frappa à la porte ; on lui dit d'entrer ; ce qu'il fit.

Il trouva le Seigneur Marjébi le visage complètement enfoui dans le journal qu'il lisait. Assis dans un fauteuil pivotant, il virait un coup à gauche, un coup à droite sans interrompre sa lecture.

– Dieu vous garde !, lança-t-il au Seigneur Marjébi qui gardait le nez fourré dans son journal comme s'il n'avait pas entendu qu'on entrait dans son bureau. Enfin il sortit le nez de derrière ses feuilles et dès qu'il aperçut Fouad, il s'écria gaiement : « Ah ! Bin Malik ! »

Il posa le journal sur son vaste bureau et s'étala encore davantage dans son fauteuil pivotant. La table, devant lui, brillait comme un miroir. D'épais volumes, soigneusement disposés, en décoraient les angles. Entre ces livres trônait un superbe encrier avec une longue plume plantée dans le trou.

– Quelles nouvelles, Bin Malik ? Je vois

aujourd'hui que vous avez le désir de nous rendre visite en nos bureaux. Prenez donc un siège, et il invita Fouad à prendre place dans l'un des deux fauteuils disposés en face du bureau.

– Merci beaucoup, mon cher. Merci.

– Alors, comment vont les affaires, Bin Malik ? Je n'ai point encore eu le privilège de jamais vous voir dans nos murs... Quoi de neuf ces temps-ci ?

– C'est justement pour ça, Seigneur Marjébi, que je suis venu vous voir... Je voudrais que vous m'expliquiez précisément qui sont au juste ces...

Fouad hésitait. Tout en dévisageant son interlocuteur, il cherchait le mot adéquat.

– Ces bœufs ! Je vous prie de m'excuser, Seigneur Marjébi – loin de moi l'intention d'être grossier en votre présence, mais je ne trouve pas d'autre vocable Pour désigner ces gens-là – ces bœufs en sont arrivés actuellement à ne plus avoir peur de rien.

– Et qui sont ces gens qui vous importunent, demanda le Seigneur Marjébi en tripotant la cravate qui lui serrait étroitement le gosier.

– Ils se dénomment... je ne sais quoi... les patriotes... Hier j'ai croisé un de mes hommes qui rentrait de la ville à pied. Je crois qu'il sortait directement de chez lesdits patriotes. Et je vois que les choses en sont arrivées au point, Seigneur Marjébi, où ils n'ont plus peur de rien ni de personne. *Allaizza !* Voici que mes propres gueux ne craignent plus mon autorité. Autrefois personne n'osait faire deux pas sans ma permission. Et j'entends à présent qu'ils réclament l'égalité... je ne sais quoi... De quelle égalité causent-ils, ces bœufs-là ? Est-ce que Dieu lui-même a créé ne serait-ce que deux doigts de la main égaux ? Et eux, par le Dieu tout-puissant...

– Écoutez, Bin Malik, intervint le Seigneur Marjébi pour calmer Fouad qui s'emportait. Il ne faut point vous laisser troubler l'esprit par ces esclaves : c'est la grenouille qui veut se faire aussi grosse que le bœuf. Dieu leur a donné d'être inférieurs, et inférieurs ils seront jusqu'à leur dernier souffle ! Les patriotes ? Les Sauveurs de la Patrie ? Et que peuvent-ils sauver, ces Sauveurs, quand ils n'ont même pas un liard à eux ? Et ils voudraient qu'on leur donne le pays à diriger ! Vous les croyez capables de quelque chose, ces bougres ? Bande d'incapables ! dit le Seigneur Marjébi avec véhémence. Croyez-vous l'Anglais assez demeuré, mon cher Bin Malik, pour confier les rênes de notre pays à cette racaille ? Nous avons déjà remporté les élections ; nous accédons à l'indépendance le 9 décembre ; n'ayez souci : le Parti du sultan tient bon ; il n'y a aucun problème, prononça le Seigneur Marjébi pour réconforter Fouad. Mais il changea immédiatement de ton pour demander, avec un large sourire :

– D'abord vous êtes-vous acquitté de votre

contribution pour la célébration de notre indépendance ?

– Pas encore, Seigneur, mais je ne manquerai pas de le faire.

– Excellent, Bin Malik ; rentrez donc chez vous prendre soin de vos affaires. Le premier de vos gens que vous surprenez à vouloir jouer au Sauveur de la Patrie, donnez-lui son congé !

– Je vous remercie, Seigneur Marjébi ; et demain, si Dieu le veut, je vous apporterai ma contribution pour les fêtes de l'indépendance.

– N'oubliez pas, je vous en prie ; notre prince a versé mille shillings à lui tout seul.

– Vous pouvez compter sur moi, Seigneur. Allez ! Dieu vous garde !

Fouad sortit du bureau fou de joie. Il dévala l'escalier et courut droit à sa voiture. Il démarra, recula à toute vitesse, fit demi-tour et fonça directement à Koani.

Ce jour-là il ne voulut discuter avec personne ; qu'on allât point lui gâter cette joie dont son cœur débordait !

Le surlendemain il se réveilla plus intraitable que jamais. Il hurlait, jurait comme un démon. Il se mettait ainsi en condition pour l'heure de la confrontation avec Vouaï, afin de le traiter avec toute la virulence voulue.

Il suivait un sentier qui partait du palais et menait jusqu'au camp des cueilleurs de girofles, lorsqu'il rencontra Mkongwé qu'il ne pouvait croiser sans interpeller, tant la fille enflammait son désir.

Elle portait une brassée de foin et s'empressait d'aller nourrir les bêtes, vêtue d'une paire de vieux *kanga,* l'un jeté sur la tête et l'autre enroulé autour du buste. Cette fille avait un corps splendide ; Fouad ne pouvait y porter les yeux sans brûler de parler à Mkongwé.

– Où vas-tu ?, lui demanda-t-il avec courroux.

– Vous ne voyez pas que j'ai du foin sous le bras ? Et vous n'êtes pas capable d'en déduire tout seul que je viens de ramasser de l'herbe ?, rétorqua-t-elle, transportée de peur et de colère en repensant au jour où Fouad avait fait irruption dans sa cabane.

– Quoi ! C'est ainsi que tu oses me répondre !, vociféra le patron, en voulant l'empoigner.

La fille s'esquiva et fila se réfugier dans l'étable, serrant sa botte de foin sous le bras.

– Où est-elle passée, la chienne ?, demanda Fouad sans chercher à savoir à qui s'adressait sa question.

Il tempêtait tout seul et ne rêvait que de tomber sur Vouaï pour déverser sur le garçon la rage qui l'étouffait.

Vouaï qui sarclait un carré de jeunes plants de girofliers, avait déjà perçu les criailleries de Fouad, mais il continuait son travail comme à l'accoutumée. Il avait déjà résolu de dire toute la vérité au propriétaire, sans se soucier de ses réactions. Soudain Fouad l'aperçut occupé à manier sa houe courbé vers la terre qu'il travaillait. Vouaï, de son côté, avait déjà deviné la présence du maître, mais il ne voulait pas se donner la peine de le regarder.

– Eh ! toi là ! Voilà une heure que je te cours après !, lança Fouad, l'index pointé sur l'ouvrier. Il poursuivait le tapage qu'il avait commencé au sortir du palais.

Vouaï s'arrêta un instant de sarcler ; le cœur parfaitement serein, il leva les yeux vers le planteur. Nulle alarme, nulle agitation : il attendit de pied ferme les remontrances de Fouad.

Celui-ci reprit aussitôt son tintamarre.

– D'où revenais-tu avant-hier ?

– D'une réunion, répondit Vouaï, sans le « Maître », dont il gratifiait d'habitude son patron.

– Une réunion ? Quelle réunion ?

– Une réunion à Kijangwani.

Kijangwani était devenu célèbre, et rares étaient les gens de Zanzibar qui n'en avaient jamais entendu parler. Les paysans n'étaient pas les seuls à connaître Kijangwani ; le nom était également familier aux oreilles des gros propriétaires fonciers et négociants. Fouad avait lui-même souvent entendu parler de Kijangwani ; mais il considérait tous ceux qui, pour une raison ou pour une autre, fréquentaient ce lieu, comme des jean-foutres, des bons à rien. Il commença par agresser Vouaï verbalement :

– Comme ça, toi aussi ! Toi aussi, t'es devenu un Sauveur de la Patrie ! Vous feriez mieux d'arrêter vos inepties. De quoi vous croyez-vous donc capables ?

Il n'était que haine. Ces histoires de paysans qui prenaient part aux rassemblements de Kijangvwani, il en avait entendu plus d'une dans la bouche de ses amis planteurs au cours de leurs débauches à Zanzibar, ou même à la campagne, quand ils se rendaient mutuellement visite. Il prit la décision immédiate de chasser Vouaï de son domaine.

– Pose ta houe tout de suite et quitte mes terres au plus vite. Pour tout bagage prends tes jambes à ton cou !

Vouaï n'en éprouva aucune surprise, car il comptait bien lui-même se faire chasser de chez Fouad un jour ou l'autre. Il obéit. Sans adresser une seule parole au planteur, il prit le chemin de Zanzibar.

Il vint s'ajouter à la cohorte des paysans déjà chassés des terres. Il n'était pas tout seul ! Le même sort était échu à quantité d'hommes d'un bout à l'autre de l'île. Ils se retrouvaient tous à Kijangwani. Vouaï n'était pas un inconnu là-bas et il savait qui aller consulter sitôt arrivé.

Il trouva Marijani dans la même pièce que la première fois, et dans la même attitude : penché sur des papiers, crayon en main. Il jetait un œil tantôt sur une feuille, tantôt sur une autre. Vouaï se tint à la porte et frappa.

– Tiens ! Comment ça va, mon frère !

Marijani se leva et vint saluer Vouaï.

– Tous les copains vont bien là-bas ?, s'enquit Marijani en menant son visiteur s'asseoir.

Tous deux s'assirent côte à côte. Avant que Marijani n'ait ouvert la bouche, Vouaï commença à parler, sans prendre le temps de répondre aux questions posées.

– Je viens de me faire renvoyer de chez Fouad. Il m'a croisé sur la route alors que je rentrais de la réunion d'avant-hier. Ces temps-ci il devient de plus en plus grossier et dépravé. L'autre jour tu m'as dit qu'il avait voulu prendre Mariam de force ; eh bien ! pas plus tard qu'avant-hier, il a cherché à s'infiltrer la nuit dans la cabane de Mkongwé. Elle a crié et nous sommes tous sortis l'arme au poing.

Il fit une courte pause, secoua la tête et reprit le fil de son récit.

– Le gars est encore en vie ; mais, parbleu !, s'il ne s'était pas fait reconnaître, je crois que nous l'aurions haché menu…

Il parlait avec une colère extrême ; il en avait des bulles dans la bouche. Des gouttes de sueur lui coulaient sur le visage, qu'il essuyait de temps en temps avec ses mains terreuses. La sueur lui dégoulinait sur la poitrine et trempait sa chemise de grosse toile dépenaillée qui n'avait plus un seul bouton.

Marijani écoutait l'ouvrier en silence, s'abstenant de l'interrompre. Il voulait que Vouaï dise tout ce qu'il avait sur le cœur. Mais soudain Vouaï hésita et parut avoir mis fin à son récit.

– Et alors ?... glissa Marijani pour encourager le garçon à poursuivre ses explications.

– Eh bien ! il m'a rejoint ; il m'a demandé d'où je sortais le soir où il m'a vu marcher sur la route, de retour de Zanzibar. Je n'ai rien voulu lui cacher et je lui ai déclaré franchement que je sortais d'une réunion du mouvement des patriotes.

– Et qu'est-ce qu'il t'a dit quand tu lui as dit ça ?, demanda Marijani curieux de connaître la suite.

– À vrai dire je ne lui ai pas dit que c'était une réunion des patriotes. Je lui ai simplement dit que c'était une réunion à Kijangwani.

– Ah ! à partir du moment où tu lui as cité Kijangwani, il aura compris de quel genre de réunion il s'agissait, affirma Marijani. Écoute, frère : tu es marié ? As-tu des enfants ?

Les traits de Vouaï, durcis par la colère, se déridèrent ; il sourit :

– Je suis veuf. Mes parents ont voulu me remarier l'année dernière, mais j'ai refusé ; ce fut une rude bataille entre eux et moi, mais...

Marijani ne tenait pas à en savoir plus sur la querelle entre Vouaï et ses parents qui voulaient lui choisir une épouse contre sa volonté. Il écourta les commentaires de l'ouvrier et dit :

– Si tu n'as ni femme ni enfants, c'est encore plus facile. Ce soir sur le coup de cinq heures, il passera une voiture ici ; je t'emmènerai quelque part, où tu trouveras plein de gars comme toi, parmi lesquels je crois que tu auras plaisir à vivre. Tu y apprendras des tas de choses. Dans l'immédiat, si tu as des courses à faire en ville, vas-y, fais les et on se retrouvera ici même à l'heure indiquée.

– Je n'ai absolument rien de spécial à faire. Je vais attendre sous les arbres, là-bas, jusqu'à l'heure dite.

– Parfait, conclut Marijani.

Vouaï fit un petit tour et dès deux heures il était de retour à Kijangwani.

L'esplanade de Kijangwani était enclose de grands arbres : bananiers, manguiers et pruniers-cerise. En dépit de la chaleur intense, l'ombre répandue par ces arbres réunis était traversée de souffles rafraîchissants. Pour qui était fatigué, et même pour qui ne l'était pas, il s'agissait d'un endroit idéal où se reposer et prendre le frais, et, pour cette raison, très populaire. Vouaï s'assit au pied d'un arbre et s'endormit tout de suite.

Le rendez-vous n'eut pas lieu à cinq heures du soir comme prévu. Marijani arriva avec environ une demi-heure de retard. Il trouva Vouaï assis sous son arbre, qui continuait à profiter de la fraîcheur de Kijangwani. Marijani était accompagné d'un camarade qui conduisait leur véhicule : une camionnette ni très grande, ni très neuve, ouverte à l'arrière, qui pouvait contenir à peu près huit personnes. Installés tous les trois à l'avant, ils démarrèrent sans perdre de temps.

Coincé entre les deux hommes, Vouaï se tortillait de temps à autre pour se dégager, gêné par l'exiguïté de la banquette avant où le gros chauffeur prenait trop de place. Tous trois gardaient le silence ; on n'entendait que le bruit du moteur.

Bientôt Marijani rompit le silence pour bavarder avec Vouaï.

– Là où nous allons, ça s'appelle « Dambwé ». C'est un nom de notre invention, parce qu'il s'agit d'un lieu secret. N'y vont que les intéressés, comme toi par exemple. Tu sais, Vouaï, le gouvernement actuel n'aime pas nous voir, nous, les paysans, nous organiser pour les besoins de notre cause. Ce qu'ils veulent, eux, c'est que nous restions éternellement les esclaves des planteurs. Dès qu'ils auront découvert que nous disposons d'un endroit où subsister par nos propres moyens, ils feront tout leur possible pour nous anéantir. Sur place, tu vas trouver des compagnons qui t'indiqueront quoi faire. Ils te montreront ton secteur d'habitation, et ils t'aideront à édifier ton propre abri.

Vouaï restait coi ; il réfléchissait à la nouvelle vie qu'il allait mener à Dambwé.

– Tu sais, reprit-il brusquement, comme quelqu'un qui veut réparer un oubli, j'ai laissé toutes mes affaires chez Fouad ; j'ai une bonne houe et deux machettes, que je me suis achetées dernièrement ; j'ai une grande planche de manioc et j'étais sur le point de récolter mes pommes de terre. Il m'a interdit d'emporter quoi que ce soit.

– Écoute, Vouaï, tu n'as pas besoin de t'en faire. Ceux que tu vas rencontrer là où nous allons, ont subi le même sort que toi, et parfois pire, précisa Marijani.

Le chauffeur ne disait rien ; il s'occupait seulement du volant. Il se contentait de grogner de temps en temps lorsque les vitesses accrochaient.

– Mais, tu sais, Vouaï, malgré la distance qui va te séparer maintenant de tes camarades, tu devras faire le maximum pour maintenir le contact. Il faudra que tu ailles les revoir à Koani – ne serait-ce qu'une fois par mois. Fouad ne pourra rien contre toi, même s'il te voit sur son domaine, ajouta Marijani.

Ils suivirent un long moment la route qui sort de Zanzibar vers le nord de l'île ; puis ils délaissèrent la voie principale pour une plus petite ; après avoir roulé encore environ une demi-heure, ils atteignirent Dambwé. Pendant un certain temps ils ne virent âme qui vive ; peut-être que tout le monde était aux champs. Mais le soleil était déjà couché et les paysans n'ont pas l'habitude de rester aux champs jusqu'à une heure aussi tardive. Il y avait de petites cahutes en torchis au toit de palmes, dispersées sous les arbres. Plus loin on distinguait des rizières florissantes et, dans une autre direction, des cultures très diverses.

Le véhicule s'arrêta net. Marijani en descendit, laissant Vouaï avec le chauffeur à l'intérieur. Après avoir disparu un certain temps dans le maquis, il revint accompagné d'un grand maigre ceint d'un pagne plutôt sale. Torse nu, nu-pieds, il portait un long couteau à la ceinture enfoncé dans son fourreau en écorce d'arec. Marijani et son compagnon restèrent à quelques pas du véhicule ; après un court échange, Marijani revint seul.

– À présent nous allons te laisser ici et regagner la ville. Tu vois le gars avec qui je discutais à l'instant ? Suis-le : il s'occupera de tout, dit Marijani en ouvrant la portière pour permettre à Vouaï de descendre.

– Allez ! au revoir ! Nous aurons encore l'occasion de discuter ensemble.

Marijani remonta dans la voiture qui fit aussitôt demi-tour et reprit le chemin de Zanzibar.

Vouaï suivit son guide dans le dédale du maquis. Soudain ils débouchèrent sur une clairière bien propre, où s'élevait une petite hutte semblable à toutes celles qu'il avait vues de la voiture. Près de la hutte se dressait un jeune manguier. Quand ils passèrent dessous, son hôte pria Vouaï de l'y attendre. L'homme entra dans la cabane. Il en ressortit bientôt avec une natte qu'il étendit par terre et Vouaï fut invité à s'y asseoir.

Installé sous son manguier, il avait mille pensées à lui trotter dans la tête. Il se rendait compte qu'il ignorait où il était, et qu'il ne voyait nulle part tous ces compagnons annoncés. Il se demandait comment il allait vivre ici, mais il ne perdait pas pour autant espoir. De toutes façons, ce ne serait pas comme chez Fouad !

La nuit tombait sans que son hôte réapparut. Il ne s'en inquiéta pas, persuadé que l'homme ne manquerait pas de revenir. Tout d'un coup il entendit des bruissements et son hôte émergea des broussailles pour venir dans sa direction.

– J'ai été long, hein ?

– Il n'y a pas de mal, frère ; je suis ici comme chez moi, répondit Vouaï.

L'homme entra dans sa cabane et ressortit avec une lampe à kérosène à la main. Il la posa près d'eux et vint s'installer sur la natte avec Vouaï.

– Comment tu t'appelles, frère ?, demanda-t-il.

– Vouaï ; et toi ?

– Je m'appelle Kondo.

Il y eut une seconde de silence, puis Kondo entama aussitôt la conversation.

– Tu es le bienvenu ici, frère. C'est donc ici que

nous vivons et la vie se déroule normalement. Tu as peut-être l'impression qu'il n'y a pas grand monde ici ; en fait, nous sommes nombreux et peu à peu tu nous connaîtras tous. Et toi, mon ami, tu es pour la révolution ?, interrogea Kondo.

C'était la première fois que Vouaï entendait parler d'une chose pareille ; il demanda aussitôt :

– La révolution ? Quelle révolution ?

– Ah ! alors le gars qui t'a amené ici ne t'a pas expliqué ?, dit Kondo.

– Il m'a expliqué pas mal de choses, mais pas cette histoire de révolution.

– Puisqu'il ne t'a pas expliqué, c'est moi qui vais le faire, reprit Kondo, les mains dans le dos. Tous, nous avons été chassés de la terre par les propriétaires fonciers. Avant de nous renvoyer, ils nous ont exploités jusqu'à la corde ! Ils nous ont sucés jusqu'à la moelle des os ; actuellement nous sommes réunis ici tous ensemble, nous vivons comme une grande famille, et notre objectif numéro un est de renverser le gouvernement des nantis pour mettre sur pied un gouvernement qui introduira des changements harmonieux dans la vie des paysans et de tous les pauvres du pays. Nous qui vivons ici nous nous sommes portés volontaires pour cette tâche et nous nous sommes engagés jusqu'à la victoire finale ou la mort : qu'est-ce que t'en dis ?

– Tu crois vraiment que ça peut marcher, un coup pareil ?, demanda Vouaï.

– Et pourquoi ça ne marcherait pas ? Bien sûr que c'est parfaitement faisable, et pas…

Ils furent interrompus dans leur débat par une voix de femme qui appelait de chez Kondo.

– C'est prêt !

– C'est prêt ? Alors tu peux apporter, répondit Kondo.

Une femme apparut, vêtue d'un long pagne noir, un plateau entre les mains ; à la façon dont elle le portait, il apparaissait plutôt lourd. Elle le déposa sur la natte où étaient installés les deux hommes. Le plateau contenait une assiette de purée de manioc et un bol de sauce au lait de coco.

– Apporte-nous de l'eau qu'on se lave les mains, enjoignit Kondo.

– J'arrive.

La femme retourna d'où elle était sortie. Kondo précisa à Vouaï : « C'est ma femme. »

Elle ressortit avec une bassine d'eau qu'elle remit à Kondo. Les deux hommes se lavèrent les mains et mangèrent. Vouaï avait l'estomac dans les talons ; il mangea sans éprouver le besoin de bavarder davantage.

Le repas achevé, ils restèrent sur la natte à reprendre le fil de leurs propos interrompus.

– Oui ; c'est comme je t'ai dit, frère : nous devons faire la révolution, faute de quoi nous continuerons à être bafoués toute notre vie. Nous sommes tous ici des révolutionnaires, et nous avons un plan bien établi : nous ne procédons pas à l'aveuglette.

– J'ai été chassé de chez Fouad ; j'y ai laissé beaucoup de copains, aucun ne sait à quoi s'en tenir quant à l'avenir, dit Vouaï.

– Je suis au courant ; car ici ne viennent que ceux qui se sont fait renvoyer par les planteurs. Et ceux pour qui l'avenir n'est qu'un grand point d'interrogation, on ne les trouve pas seulement là d'où tu viens ; il n'y a pas un seul paysan de ce pays qui peut dire ce qui l'attend. C'est bien pour ça qu'on veut faire la révolution, dit Kondo.

– Je suis des vôtres, pour le meilleur et pour le pire, annonça Vouaï.

– Parfait ! Donne-moi la main, frère, dit Kondo, tout heureux d'accueillir une nouvelle recrue pour la révolution.

Vouaï fut invité à passer cette première nuit chez Kondo. On lui réserva un coin dans la cabane, où s'étendre. Quand il se fit tard, ils rentrèrent se coucher.

Comme promis on aida Vouaï à construire sa propre cahute. Avec le temps il s'habitua à sa nouvelle existence. Il devint un gars du coin, il se fit des amis parmi les gens de Dambwé. On lui exposa plus en détail le projet de révolution ; régulièrement il voyait les délégués de la ville qui montaient jusqu'à Dambwé, notamment Marijani. Ce dernier venait donner les directives, informait des décisions prises par les dirigeants du mouvement patriotique.

Conformément aux recommandations de Marijani, Vouaï n'oublia pas ses compagnons de Koani. À la moindre occasion il allait leur rendre visite et révélait à ceux qui jouissaient le plus de sa confiance les projets révolutionnaires et leur déroulement.

Le pays était à vau-l'eau. Le gouvernement du sultan renforçait son oppression sur les ouvriers et les paysans. Tous les rassemblements organisés par les nationalistes se terminaient pour les citoyens sous les coups de matraque des troupes du sultan. Tous les véhicules qui se dirigeaient de la campagne à la ville étaient fouillés à des barrages de police spécialement érigés à l'entrée de Zanzibar.

Tout cela en pure perte ! Car plus s'intensifiait la répression du gouvernement du sultan contre les paysans et les ouvriers, mieux ces derniers s'organisaient pour le renverser.

À Dambwé le groupe de Kondo se préparait en réunissant toutes les armes qu'il pouvait recueillir. Dépourvus d'armes modernes, ils étaient convaincus que le succès ou l'échec dépendait davantage des hommes que du matériel. Les armes qu'ils rassemblaient, c'étaient des sabres d'abattis, des haches et tous les instruments qui servent d'outils aux paysans dans leurs tâches quotidiennes.

II

DEUX MOIS passèrent. Puis un soir, vers les onze heures, Vouaï qui dormait dans sa cabane fut réveillé en sursaut par le bruit lointain d'un moteur. Tout d'un coup il n'entendit plus rien : le véhicule s'était arrêté, il en était sûr. Le temps passait. Il fut incapable de se rendormir.

Environ deux heures plus tard, il entendit la voiture redémarrer, repartir. Il brûlait d'impatience de savoir à qui appartenait ce véhicule. Une visite à une heure aussi avancée n'était pas alors chose courante.

On se leva au point du jour. À l'heure voulue chacun se rendit à son champ. En fait les visiteurs de la nuit étaient venus voir Kondo. Ils étaient venus transmettre d'importants renseignements touchant aux préparatifs de la révolution. Il ne restait plus à Kondo qu'à contacter chaque paysan dans son champ pour l'informer qu'il organisait une grande « veillée » le lendemain chez lui. Ce mot de « veillée » leur servait à désigner les occasions de ce type où ils se communiquaient des nouvelles importantes.

Le lendemain soir, ils se rassemblèrent tous sous le petit manguier devant la maison de Kondo, dans le noir.

– Ceux de Kijangwani vous adressent leur salut !, commença par dire Kondo. Ils nous préviennent que l'heure approche : il n'y en a plus pour longtemps. Au jour fixé, nous prendrons d'assaut les commissariats ainsi que les deux casernes. Nous débuterons avec les armes dont nous disposerons nous-mêmes et nous achèverons avec celles que nous aurons arrachées.

Tout le monde écoutait Kondo attentivement. Sans mot dire.

– Au jour J, nous serons avertis suffisamment à l'avance de façon à pouvoir nous préparer. Voilà tout ce que j'avais à vous dire. Je crois inutile de rester ici toute la nuit. Une seule chose : Vouaï, tu as le bonjour de Marijani. Il te prie de faire de ton mieux pour te rendre à Koani avertir tes contacts sur place. Il te dit surtout, surtout, de ne pas oublier d'y aller ! Nos compagnons des autres secteurs seront eux aussi informés comme nous, et à l'heure dite, nous serons tous réunis.

Kondo avait terminé et tous se dispersèrent vers leurs cabanes respectives.

Vouaï comprenait parfaitement l'importance de la mission qu'on lui avait confiée. Il n'y avait aucun empêchement majeur, de son côté, à effectuer le déplacement de Koani. Il n'avait plus à attendre que Fouad partît vendre ses clous de girofle à Zanzibar, comme c'était le cas lorsqu'il était à son service. Là où il était à présent, il pouvait se déplacer à sa guise sans être contrecarré par personne. Aussi, dès le lendemain matin, se mit-il en chemin pour Koani.

Il monta à bord de la première voiture en provenance de Mchangani et jugea préférable de passer par Kijangwani voir Marijani avant de poursuivre sa route.

À Kijangwani il ne trouva pas l'animation habituelle. L'endroit était plutôt morne et de temps à autre quelqu'un rentrait, puis ressortait aussitôt comme s'il avait oublié quelque chose, dont il s'était souvenu brusquement et qu'il était revenu chercher avant de continuer son chemin.

Vouaï entra au Q.G. de Kijangwani ; il ouvrit la porte du bureau de Marijani doucement, sans frapper. En jetant un coup d'œil dans la pièce, il aperçut Marijani assis, les mains à plat sur la table, et la tête posée sur les poignets. Il avait l'air de quelqu'un désireux de faire un somme après un travail éreintant.

Le grincement de la porte qu'on ouvrait doucement réveilla Marijani ; en levant le nez il aperçut Vouaï debout à la porte.

– Tu es déjà passé à Koani ?, demanda-t-il sans même gratifier son hôte du salut habituel.

Marijani était changé : il n'avait pas du tout le cœur à plaisanter. Ses habits étaient sales ; alors que normalement il se rasait tous les jours, il avait une barbe vieille d'au moins une semaine.

– J'ai jugé préférable de passer te voir avant d'aller à Koani, répondit Vouaï.

– Pourquoi ? Kondo ne t'a pas expliqué ?, lança Marijani qui paraissait mécontent de l'initiative prise par Vouaï. Mais ce n'est pas grave, reprit-il en se déridant un peu. Puis il commença à bavarder avec Vouaï comme à l'accoutumée. Maintenant tu fais un saut à Koani, et tu transmets le message de Kondo à ceux que tu vois d'habitude. Encore un point : demande-leur s'ils ont déjà récupéré les armes. Dépêche-toi ! Parce qu'une seule erreur dans notre programme, et tout est fichu ! Il faut absolument que tout se déroule comme prévu. Maintenant il vaut mieux que tu y ailles, sans perdre de temps.

Vouaï sortit. Dès Mikoungouni, il trouva une voiture qui le conduisit jusqu'à Koani.

Sur place il s'avéra mal commode pour lui de contacter ne serait-ce qu'un seul de ses camarades. Tous étaient occupés à besogner pour Fouad.

Rusant, il prit le plus grand soin de passer inaperçu, de peur d'éveiller les soupçons du patron.

Après tant d'années de service passées sur la plantation, il en connaissait le moindre buisson. Il en explora tous les recoins à la recherche d'un ouvrier. En vain ! il avait renoncé, et s'était assis un moment pour reprendre son souffle avant de continuer, lorsqu'il aperçut Mkongwé qui rentrait du puits.

– Hep là ! Attends-moi ! J'ai quelque chose à te demander !, lui cria Vouaï.

Mkongwé sursauta, croyant à une nouvelle agression de la part de Fouad. Mais la voix qui l'appelait ne ressemblait pas à celle de Fouad. En se retournant, elle aperçut Vouaï.

– Vouaï ! mon pauvre ami ! Où étais-tu passé ? demanda-t-elle. Elle déposa le seau qu'elle avait sur la tête et s'approcha du garçon.

– Depuis le temps que tu as disparu !, lui répéta-t-elle avec émotion. Elle fit encore un pas vers lui, poussée par l'envie de se jeter à son cou, elle qui avait cru ne plus jamais le revoir !

– Excuse-moi, petite sœur, mais je n'ai vraiment pas le temps de rester à bavarder avec toi. Il faut que je me dépêche. S'il te plaît, débrouille-toi pour m'appeler Oumari ; dis-lui que j'ai absolument besoin de le voir. Dis-lui que je l'attends là-bas dans sa cabane. Il m'y trouvera.

Sans chercher à bavarder davantage avec Mkongwé, il s'éloigna.

Elle resta un peu interloquée, mais elle se percha aussitôt le seau d'eau sur la tête. Arrivée à sa cahute, elle le déposa et partit à la recherche d'Oumari.

Quand elle le trouva, Mkongwé fit l'économie des salutations d'usage ; elle s'approcha de lui et lui dit à l'oreille :

– Vouaï t'appelle ; tu le trouveras dans ta cabane, tout en jetant un œil autour d'elle dans la crainte que Fouad n'apparût et ne les surprît en train de discuter ensemble.

– Il est ici ? Ça alors !

Oumari, qui était en train de nettoyer au pied des bananiers, laissa choir sa houe et se précipita immédiatement chez lui. Sur place, il remarqua que la porte était entrouverte : Vouaï était couché sur le lit de corde à l'intérieur.

– Qu'est-ce qui se passe ?, s'enquit Oumari.

– D'abord, avez-vous rassemblé les armes ?

– Elles sont prêtes, mais il n'y en a pas des masses. Sais-tu si ça avance ?

– Tout ce que je sais, c'est que ça se rapproche. Tenez-vous prêts à intervenir à tout moment, tout en sachant que, le jour venu, quelqu'un passera vous avertir à temps. Tu vas prévenir tous les copains. Moi je ne m'attarde pas davantage. Au revoir. Passe le bonjour de ma part à toute la compagnie.

Il sortit aussitôt et reprit la route pour Dambwé. Il fit un saut à Kijangwani pour voir Marijani et le tenir au courant, mais il n'y avait personne. Vouaï regagna Dambwé où il n'arriva qu'en fin d'après-midi.

On sentait la révolution imminente. En ville les gens ne disaient plus rien : un regard, et ils se comprenaient... Ceux de Dambwé étaient tous en train de se préparer. Ils n'attendaient plus que le message en provenance de Zanzibar.

Un mois entier s'écoula sans la moindre visite, ce qui ne les empêcha nullement de rester en alerte.

Au bout d'un mois, un après-midi, vers une heure, débarqua une camionnette, qu'on n'avait jamais vue à Dambwé.

Vouaï, qui était tout près, voulut savoir qui était à bord. Il s'agissait d'un fourgon vert, propriété du gouvernement, ouvert à l'arrière. En s'approchant, il vit Marijani en descendre ; il avait l'air pressé.

– C'est une chance que tu sois venu à notre rencontre. Où est Kondo ?, demanda Marijani.

– Dans son champ.

– Allons-y !

Ils marchèrent côte à côte jusqu'au champ de Kondo : il plantait son manioc.

– Aujourd'hui j'ai un message crucial à vous transmettre, commença Marijani. Tout est prêt et toutes les armes prescrites doivent arriver en ville dans la journée.

– Aujourd'hui ?, répéta Kondo.

– Aujourd'hui même ! D'ailleurs je suis venu avec le camion : apportez-les tout de suite ! Sur les routes, l'armée commence déjà ses chicaneries : tous les véhicules en provenance de la campagne sont fouillés. On est décidés : s'il y a un soldat qui fait signe d'arrêter, on ne s'arrête pas. S'il nous cherche des ennuis, on lui passe dessus. Advienne que pourra !

– Les armes sont prêtes. Allons les chercher, dit Kondo.

Les trois hommes se suivirent et pénétrèrent dans la forêt jusqu'à un emplacement recouvert de palmes de cocotiers.

– Ôtez les palmes, demanda Kondo.

Vouaï et Marijani retirèrent les palmes. Elles couvraient une vaste fosse remplie de machettes, de couteaux, de maillets et autres armes. Ils les retirèrent au fur et à mesure pour les transporter toutes à la camionnette.

Puis ils restèrent tous les trois à côté du véhicule. Vouaï regarda qui était au volant : il reconnut l'homme qui l'avait conduit la première fois à Dambwé dans cette petite voiture déglinguée le jour où il avait été renvoyé de chez Fouad.

– Maintenant, écoutez bien ce qui a été prévu pour demain : car c'est le jour J, dit Marijani. Demain aura lieu une grande veillée publique à Kisiwandouï : il est demandé aux paysans et aux ouvriers d'y assister en masse. Le but n'est pas d'organiser une fête : il s'agit de permettre à tous les révolutionnaires de converger des quatre coins de la campagne sur la ville. On a donc jugé préférable d'organiser ces danses pour couvrir le transfert des hommes à Zanzibar. À la fin de la fête on indiquera à tous les camarades concernés l'emplacement des armes. Ce même soir nous donnerons le coup d'envoi à la révolution en nous emparant de la caserne des troupes gouvernementales du sultan à Mtoni. Les plans d'attaque de la caserne sont déjà établis. On vous en avertira dès que vous serez en ville, expliqua Marijani.

– On a bien compris ; nous allons en informer tous les camarades, dit Kondo.

– Au revoir maintenant et nous espérons que vous êtes fin prêts et que vous serez tous à Kisiwandouï demain soir. Faites attention à ne pas y aller tous ensemble, sinon la police de Mwéra aura la puce à l'oreille. Circulez un par un ou deux par deux…, recommanda Marijani.

Il était parfaitement calme et serein. Sur son visage se lisait une confiance totale dans le plein succès de la révolution.

– Allez ! à demain ! Quand tu arriveras à Kisiwandouï, Kondo, évite de contacter qui que ce soit. Pour chaque groupe il y a un homme chargé de révéler tous les plans ; pour le groupe de Dambwé c'est moi qui en ai la responsabilité.

Marijani se tourna alors vers Vouaï et dit :

– Toi, tu cherches les camarades de Koani pour leur donner tous les détails. Ils sont déjà au courant qu'il y a une fête, il reste à préciser aux copains concernés ce qu'on attend d'eux après la fête.

Marijani en avait terminé. Il remonta dans la camionnette qui démarra aussitôt sur les chapeaux de roue.

Ils eurent la chance de ne pas être stoppés à Mwéra. Ils passèrent sans anicroche, avec leur chargement de sabres et de haches. Ils gagnèrent d'une seule traite Wenguiwapé où ils entreposèrent toutes les armes dans une cahute.

Les opérations devaient s'effectuer sans laisser la moindre trace susceptible d'éveiller les soupçons. Aussi, à Wenguiwapé, où les armes étaient remisées, des hommes étaient-ils spécialement chargés de balayer les traces des pneus de la camionnette depuis la maison jusqu'à la route – ce qui était fait dès le départ du véhicule.

Ce fut un jour de préparatifs fébriles pour tous les insurgés, où qu'ils fussent. En ville on avait distribué les billets pour la veillée publique, et édifié une tribune. Chacun s'apprêtait à venir prendre part à la fête – et quelle fête ! C'était le grand jour des ouvriers et des paysans, où ils avaient décidé de changer la vie en faisant table rase de l'ignoble oppression.

Dès le matin les paysans commencèrent à

affluer en ville de toute la campagne, en voiture, à pied... Certains s'imaginaient vraiment devoir assister à une grande fête ; seuls les révolutionnaires savaient le tour que prendrait ladite fête. D'ailleurs tous n'avaient pas pour mission d'y participer. Certains reçurent l'ordre de se cacher jusqu'à l'heure voulue dans une maison donnée.

Des centaines de paysans se rendirent à la veillée : parmi eux des conjurés, et d'autres qui ne l'étaient pas. Les premiers savaient très bien ce qui les amenait à Zanzibar, alors que les seconds venaient simplement prendre part aux réjouissances annoncées.

Kisiwandouï brillait de tous ses feux. L'air était chargé de la poussière soulevée par les danseurs. On dansa le *gombesugu,* le *maumbua* et le *gonga* et autres danses de l'île. Le mélange des différentes formations en scène créait un fameux vacarme. La fête dura jusqu'à minuit.

La foule commença alors à se disperser lentement. Les femmes se précipitèrent chez elles pour préparer le *daku.* Elles laissèrent derrière elles les lumières électriques illuminant les danses ; elles avançaient à tâtons dans les ténèbres des ruelles des faubourgs pour regagner leurs quartiers : zones encombrées de cahutes en terre, véritables labyrinthes de constructions désordonnées ; fourrés et buissons parsemant ces quartiers populaires de

Zanzibar ; tombes éparpillées dans presque tous les coins ; légendes de démons, de fées et de sorciers auxquelles elles croyaient – tout cela poussait les femmes à rentrer chez elles au plus vite, en proie à une frayeur sans fondement.

Nuit du 11 au 12 janvier. On en était au premier tiers du Ramadan. Les révolutionnaires avaient la plus vive conscience des responsabilités qui leur incombaient ce jour-là. Après la fête, chacun se rendit par un chemin ou par un autre au rassemblement de Wenguiwapé.

Chonjo fut le premier à pénétrer dans le baraquement où les armes étaient dissimulées. Il y trouva Pongwé, tapi dans un coin, torse nu, au guet, sabre d'abattis au poing. À la vue de Chongo, Pongwé sursauta et demanda sur un ton peu amène :

– Qui est-ce ?

– C'est moi !

– Qui es-tu, toi ? Tu t'appelles comment ?

– Chonjo.

Pongwé fit quelques pas en direction de Chonjo ; arrivé à sa hauteur il lui demanda à voix basse :

– Où sont les autres de ton groupe ?

– Ils seront ici dans une minute. Va me chercher une machette bien affilée et passe-la -moi.

– Viens donc la choisir toi-même.

À l'intérieur du baraquement régnait une obscurité effrayante. Les manguiers géants et les pruniers-cerises qui l'entouraient rendaient plus épaisses encore les ténèbres. Chonjo entra. Il essaya d'accommoder sa vue pour discerner quelque chose dans le noir. Sans le moindre succès !

Il fouilla dans la poche de son pantalon et sortit une boîte d'allumettes. Il en craqua une, qui s'éteignit aussitôt à cause d'un violent courant d'air en provenance de la cour.

– Eh toi ! Qu'est-ce que tu fabriques ? Pas d'allumettes ici ! Et pas de lumière !, tonna Pongwé. Entre dans la pièce de gauche : tout y est.

Chonjo avança à tâtons ; ses mains rencontrèrent bientôt la porte de la pièce en question. Il poussa la porte, entra dans la pièce sur la pointe des pieds et trébucha malencontreusement sur un chaudron : il était plein d'armes. Au moment de se baisser pour faire son choix, il entendit Pongwé qui discutait avec quelqu'un. À peine Chonjo s'était-il redressé pour écouter qui c'était qu'il entendit l'homme le rejoindre dans la pièce. Il devina immédiatement qu'il s'agissait d'un compagnon conjuré. Il se repencha pour trier. Le nouveau venu entendit des grattements dans la pièce et lança dans l'obscurité :

– Qui es-tu, camarade ?

– C'est moi, Chonjo. Et toi ?

– Je suis Marijani. Dépêche-toi de choisir ton arme. Il y en a d'autres qui arrivent. Dès que nous aurons terminé, nous allons retourner chez nous. Il est minuit passé !

Chaque homme choisit un coupe-coupe à sa convenance avant de ressortir. Les insurgés continuaient d'arriver un à un. Chacun emportait l'arme de son choix, qui une machette, qui un gourdin, qui une hache ; après quoi, ils se massaient en face du bâtiment. Pongwé rentra enfiler une chemise. Quand tout fut terminé, Marijani commença à distribuer les ordres

– Camarades, l'heure d'agir est arrivée. Nous allons tous nous rendre à présent à Mtoni. La victoire ou la mort !... En tout cas aujourd'hui ça va changer. Allons ! En route, camarades !

Nuit noire. Calme plat. Feuillages immobiles. Le cœur de Shomari et de ses compagnons brûlait d'ardeur révolutionnaire.

Ils coupèrent par des sentiers dans le maquis constamment sur le qui-vive, bouche cousue jusqu'aux abords de la caserne. Là, Shomari leur conseilla de se mettre tous à plat ventre.

– Nous allons ramper jusqu'aux barbelés. Un groupe attaquera par l'entrée du camp, un autre par l'arrière.

Le camp était paisible, les soldats de l'armée du sultan dormaient. Aux quatre coins du camp étaient braqués de puissants projecteurs. Une sentinelle gardait l'entrée. L'homme faisait le guet de long en large, son fusil à la main.

Les conjurés rampèrent jusqu'aux barbelés où ils attendirent dans un silence absolu le signal de l'assaut.

Un groupe, rampant dans les hautes herbes, s'approcha de la sentinelle, qui eut un sursaut en entendant les bruissements. Comme il y avait un lémur dans les parages, il se rassura en attribuant les bruissements perçus aux bonds du lémur dans les cocotiers. Mais il n'avait pas fait deux pas qu'il se retrouva assailli, colleté. Avant d'avoir pu pousser le moindre cri, il avait la gorge tranchée. Tué net, il s'écroula à terre.

Aussitôt retentit le cri de Marijani :

– À l'attaque ! Fonçons, camarades !

Ils surgirent dans le camp comme l'éclair. En un clin d'œil ils s'étaient emparés de la caserne. Le dépôt d'armes fut pillé. Les troupes du gouvernement du sultan n'avaient pas le cœur à se battre. Dépassés par la situation, les hommes se contentèrent de prendre leurs jambes à leur cou.

Quelques heures plus tard la caserne de Ziwani à son tour tombait. Ensuite, systématiquement, les insurgés mirent la main sur les commissariats de police les plus stratégiques, tandis qu'un commando filait vers la station de radio.

L'obscurité régnait sans partage cette nuit-là et l'ombre des énormes manguiers dont est ceint Raha-Léo ne pouvait qu'accroître ces ténèbres insondables.

De faction devant une imposante bâtisse jaune flanquée sur les quatre côtés de huttes en torchis recouvertes de palmes, le caporal Paulo était plongé dans une interminable discussion avec un camarade d'arme. Ils cherchaient à tromper l'ennui qui s'attachait à toute une nuit de faction au pied de la station de radio que ce bâtiment jaune abritait.

– Alors je l'ai collée de Kidongo-Chékoundou jusqu'à Miembéni, racontait le caporal Paulo.

– Sans blague !

– J'avais beau lui faire coucou, elle ne m'en décrochait pas une. « Bonjour », que je lui fais, « ça va ? ». Et elle, pas un mot. Pas un ! Il montait de son corps un vrai parfum de fée...

– Sans blague !

– Ensuite, je me suis posé la question : « Qu'est-ce qu'elle a à jouer les princesses, celle-là ? »

– Alors ?

– Alors, quand j'ai vu qu'elle ne me répondait rien, je me suis dit que je devrais m'approcher d'elle un peu plus ; et quand j'arrive à sa hauteur je lui prends la main.

– Sans blague !

– Dès que je l'effleure, elle me repousse la main d'un coup sec. Bigre ! Elle se prend vraiment pour une princesse, celle-là. Mais une fe...

Le caporal Paulo s'interrompit brutalement et

recula jusqu'à la chaise où il s'était assis auparavant. Il avait l'air pétrifié. Et sans rien ajouter, sans donner la moindre explication, il déguerpit !

Son compagnon en resta pantois. Il se retourna et vit alors un groupe d'hommes qui s'approchait. Il commença à se poser des questions, et à y répondre : Est-ce que je ne ferais pas mieux de prendre la fuite ? Bah ! même si je m'enfuis, où est-ce que ça me mènerait ? Nulle part ! Alors, je me bats ? Tu parles ! Seul contre eux tous, je me fais trucider pour rien. Mieux vaut que je sauve ma peau.

– Qui es-tu ?, lança durement une voix dans le groupe.

– Je suis soldat.

– Qu'est-ce que tu fais là ?

– Je suis de service.

– Allez, les gars ! Ne perdez pas votre temps : zigouillez-le, gronda une voix encore plus féroce que la première.

– Attendez ! À quoi ça sert de le tuer pour rien ? Attendez une seconde, s'interposa une troisième voix sur un ton de commandement.

Le planton, complètement paniqué, ne comprenait rien à ce qui se passait. Il voyait la mort en face et avait perdu tout espoir de salut, confronté à ce cercle d'hommes brandissant tous une arme. Il avait toutefois une chance : l'obscurité lui dissimulait le spectacle terrifiant de leurs habits maculés de sang, et de leurs têtes hirsutes où cheveux et poils poussaient sans le moindre contrôle depuis de nombreux jours.

– Qui es-tu ?, demanda une voix dans le commando.

– Un soldat.

Au même moment un homme se détacha du groupe et lui asséna une gifle monumentale. Il en vit trente-six chandelles, en lieu et place de la foule qui l'entourait...

– Dis donc, ça fait dix minutes qu'on te demande qui tu es, et toi, tout ce que tu trouves à dire, c'est « soldat ! », « soldat ! ». Comment tu t'appelles ?

– Mcha, Mcha Hamadi, débita le soldat encore assailli par toutes les étoiles de sa gifle.

– Mcha, hein ? Allez, laissez-le, il est inoffensif. Le gardien qui a les clés, où il est ?

– Là-bas ! La maison, là !, répondit Mcha. Il avait la voix qui tremblait, les jambes flageolantes et les cheveux dressés sur la tête.

– Haji, va récupérer les clés. Ensuite il y en a qui iront chercher l'opérateur-radio. Qui est-ce qui sait où il habite ?

– Je sais, moi ! Venez, je vais vous montrer, s'écria Mcha à toute vitesse, en bondissant.

– Allons-y ! On te fait confiance, mais si tu nous joues un tour en chemin, tu vas déguster, je te préviens, avertit une voix dans l'escouade : ces hommes étaient prêts à tout, en bien comme en mal.

On se divisa en deux groupes : les uns restèrent à Raha-Léo ; les autres suivirent Mcha le planton en scrutant les ténèbres. Mcha, sans même s'être rendu compte du chemin qu'il avait emprunté, s'étonna de se retrouver devant le domicile de l'opérateur.

– C'est ici qu'il habite. Attendez, je vais frapper à sa porte.

– Un moment, petit gars ! Tu m'as l'air bien pressé. On le connaît mieux que toi, annonça une voix calme.

On frappa à la fenêtre de l'opérateur. Avant même que l'intéressé n'ait réagi, le voisin avait ouvert sa fenêtre : on entendit une voix demander : « Qui c'est qui… ? » Elle n'avait pas achevé qu'une décharge partit d'un fusil appartenant à l'un des membres du commando : le coup de feu fit mouche à l'endroit même où la voix avait jailli : on ne l'entendit plus.

Quelqu'un appela :

– Mwamba !

– Oui !, répondit Mwamba, qui était donc réveillé.

– On est prêt.

– Ça y est, hein ? J'arrive !

Mwamba ouvrit rapidement la porte de la maison et sortit. Il avait le trousseau de clés dans sa poche. La colonne repartit alors jusqu'à la station émettrice.

Le tumulte prenait de l'ampleur : la foule, par petits paquets, commençait à envahir Raha-Léo, l'arme au poing. Au moment où Mwamba s'approcha de l'entrée de la station, tous ceux chez qui la colère s'était amassée depuis des années avaient les yeux fixés sur lui. Mwamba poussa la lourde porte richement sculptée avant de s'engouffrer vers les machines. Trois hommes équipés de fusils « Mark 4 » lui emboîtèrent le pas.

Malgré le jour qui commençait à poindre, l'obscurité était à peine teintée d'une première lueur. Mwamba fut contraint d'allumer une lampe ; après quoi il se mit à tripoter les appareils en place. Un coup il appuyait sur une touche, un coup il enfonçait une fiche. Il débrancha un fil, fixa un câble puis il guida l'un des trois hommes armés jusqu'au studio. Il l'installa et lui dit :

– Vas-y ! Parle !

– Camarades citoyens, nous venons de renverser le gouvernement du sultan. Nous invitons tous les habitants à rester calmes. Nous demandons à tous les soldats du sultan de se rendre ; à tous nous demandons de remettre leurs armes aux insurgés.

Ce premier message fut suivi de communiqués ininterrompus. Au lever du jour la révolution continuait.

Ce fut un jour de gloire. Aux quatre coins de l'île, les insurgés paradèrent, les uns à pied, d'autres juchés sur les véhicules dont ils s'étaient emparés. Ils paradèrent dans la ville, chacun brandissant son fusil, car l'heure n'était plus aux haches ni aux sabres. Chaque fois qu'il le fallut, ils n'hésitèrent pas à en découdre avec les troupes du sultan et des mercenaires.

Autour du commissariat de Malindi les affrontements furent d'une rare violence. Les insurgés menèrent un combat héroïque contre les soldats gouvernementaux servis par une position d'abri efficace. Tout au long des tirs qui furent échangés autour du commissariat, les soldats du sultan pouvaient voir de l'intérieur les assaillants entièrement à découvert éparpillés sur l'esplanade où donne le bâtiment. Ils furent décimés ; les survivants, bravant la mort, se lancèrent à l'attaque. Au terme de combats acharnés, le commissariat fut enlevé.

Pour le sultan la situation tournait à la catastrophe. Pour la première fois de leur vie, lui et ses courtisans durent se mettre à courir : ils s'empêtraient les pieds dans leurs robes et tuniques. Ils fuyaient, et dans leur fuite, ils trébuchaient. Heureux pour lui, pour ses courtisans et sa poignée de partisans, qu'ils eurent le temps d'échapper à bord des bateaux amarrés ce matin-là dans le port !

À la tombée du jour, à la campagne comme à la ville, tout était terminé. La radio de la révolution annonça l'instauration d'une République populaire de Zanzibar sous l'égide du Parti afro-shirazi – le parti des patriotes.

Il était mis fin au gouvernement du sultan qui avait accordé tous les droits, tout le pouvoir, aux planteurs et aux gros négociants. Pour la première fois dans l'histoire des îles de Zanzibar et Pemba, entrait en fonction un gouvernement dirigé par les paysans et les ouvriers.

III

UN MOIS après le succès de la révolution, le nouveau gouvernement décréta la nationalisation du sol et il entreprit bientôt de partager les terres entre les paysans. Fouad en éprouva autant de frayeur que de haine.

– Par Allah ! mes terres, ils ne les auront pas !, se dit-il pour commencer.

Il ne décolérait pas. Mais sa fureur ne ressemblait plus à celle dont Mkongwé ou tel autre employé de sa plantation avait pu faire les frais. Non : pas du tout ! À sa rage présente se mêlait comme un terrible effroi. Et il en concevait les pires tourments.

La pauvre Kijakazi ne savait rien de ce qui se passait dans le pays, sauf que Fouad était toujours hargneux ou abattu. Prise de pitié, elle souhaitait l'aider, le tirer d'ennui – pouvoir qu'évidemment elle n'avait pas.

– Voici des années qu'il cherche une fiancée ; peut-être qu'il n'a pas obtenu celle qu'il désirait ?, se disait-elle dans son for intérieur.

Un matin, vers les huit heures et demie, deux voitures s'arrêtèrent chez Fouad devant l'entrée du palais. De chaque automobile sortirent trois hommes. Ils s'annoncèrent. Fouad, seul au salon, vint voir qui lui rendait visite.

– On est venu parce qu'on aimerait vous voir, dit l'un des six.

– Vous aimeriez me voir ? Je vous en prie, entrez ! entrez donc !, répondit Fouad avec un petit rire forcé où pointait la haine.

À la distance où elle se trouvait à ce moment-là, Kijakazi voyait les hommes en conversation avec Fouad, sans pouvoir distinguer les propos échangés.

Fouad les reçut tous les six dans son salon et les invita à s'asseoir.

Question propreté, les habits des visiteurs laissaient plutôt à désirer ; deux d'entre eux portaient des sandalettes en caoutchouc, les autres étaient pieds nus ! Kijakazi n'en revenait pas. De toute son existence, y compris du temps du Seigneur Malik, elle n'avait jamais vu des types de cet acabit mettre les pieds dansce salon si soptueusement paré.

Les pieds de ces individus ne pouvaient que souiller le superbe tapis étalé par terre dans la pièce.

Une fois assis, les visiteurs, inconnus de leur hôte, échangèrent un regard. L'un d'eux prit aussitôt la parole.

– Je pense que vous êtes au courant des nouvelles dispositions concernant la terre ?

– Des nouvelles dispositions ?, demanda Fouad, le cœur battant.

– Le décret attribuant au gouvernement la propriété de toutes les terres.

– En effet ! J'ai ouï dire, monsieur !, répondit Fouad. Les temps l'avaient changé : à son tour il avait appris à dire « monsieur ».

– On est simplement venu vous répéter : même si vous conservez votre place ici, il faut que les choses soient claires dans votre esprit : le domaine qui était auparavant entre vos mains appartient désormais entièrement à l'État. Vous pouvez donc poursuivre vos activités jusqu'à nouvel ordre de notre part, expliqua l'homme.

– Entendu ! Entendu, monsieur !

– On est seulement venu vous tenir au courant. Maintenant on s'en retourne.

Ils sortirent tous les six, prirent place dans les deux voitures et disparurent.

À peine étaient-ils partis, que Fouad sortit à son tour de chez lui, fou de rage, la face cramoisie comme une papaye, pestant entre ses dents.

– Bande de voleurs !, gronda-t-il.

Il était environ dix heures du matin. Kijakazi balayait le terre-plein devant le palais de Fouad. Celui-ci était dans sa chambre, allongé. Tout d'un coup une voiture fit halte à l'entrée. On reconnais-sait l'un des deux véhicules de l'autre jour. Un homme mit pied à terre et interpella Kijakazi :

– Fouad est par là ?

– Le Maître ? Je... je ne sais pas ; attendez ! je vais voir à l'intérieur, répondit-elle.

Fouad, qui était encore dans sa chambre, entendit la question du visiteur ; il s'empressa de paraître sur le seuil.

– C'est moi ! Je suis là, monsieur ! Vous désirez me voir ?, s'enquit-il, rajustant le *shuka* qu'il portait à cette heure de la journée.

– On a besoin de vous voir une minute, répartit l'autre.

– Je vous en prie ! Entrez !, répondit Fouad en faisant mine de rire comme s'il se réjouissait sincèrement d'avoir de la visite.

Deux autres hommes descendirent de la voiture et tous trois gagnèrent le salon de Fouad en compagnie de leur hôte.

Cette fois-ci Kijakazi n'était pas si loin qu'elle ne pouvait suivre clairement l'entretien.

– Comment ça va depuis l'autre jour qu'on s'est vu ?, interrogea l'un des trois.

– Très bien ! Très bien ! monsieur, répondit Fouad.

– On vient vous voir à propos de la même chose que la dernière fois. Vous vous rappelez ce dont il s'agissait ?

– Je me souviens. Je me souviens parfaitement !

– On aimerait vous expliquer..., reprit le jeune homme. Comme vous le savez, nous avons jeté bas le régime du sultan et la politique du gouvernement révolutionnaire est de bâtir le socialisme. Nous savons bien qu'il s'agit pour vous d'une nouveauté dont vous n'avez jamais même entendu parler. Ou est-ce que je me trompe ? Vous comprenez ce que ça veut dire, socialisme ?

– Pas du tout, monsieur, et je vous saurais gré de m'en révéler la signification, rétorqua Fouad.

– C'est le but de notre visite, poursuivit son interlocuteur. Nous n'aborderons avec vous que ce qui touche à la terre. L'autre jour nous vous avons annoncé que l'État prenait possession du sol ; ce qui ne signifie pas que les terres ne reviennent qu'au gouvernement. Au contraire, si l'État reste bien le seul propriétaire de la terre, celle-ci va être répartie entre les paysans. Dans certaines zones des îles le partage a déjà eu lieu : à présent c'est le tour à cette section. Chaque paysan vivant dans le secteur va recevoir un lot ; sur cette base on prévoit de lancer une agriculture socialiste, et d'abord, des coopératives agricoles. Autrement dit votre domaine va être morcelé ; une portion vous en sera attribuée pour vous assurer les moyens de subsister. Vous allez obtenir suffisamment, mais vous serez obligé de cultiver vous-même parce que vous n'aurez plus personne à vos gages.

– D'accord ! Je suis prêt ! Je suis prêt à commencer demain. J'ai des voisins avec qui je peux collaborer à ce genre d'activités : Pandou, Haji, Makamé... Quantité de voisins avec qui je peux m'entendre. Il va de soi que je mettrai personnellement la main à la pâte ; vous croyez peut-être que je suis incapable de manier la houe ? Vous savez, j'y arrive très bien, dit Fouad en se forçant à rire et à plaisanter.

De son poste d'observation Kijakazi avait tout capté de la conversation, sans rien y comprendre ! Elle ne comprenait strictement rien à cette affaire de socialisme et ne s'estimait nullement concernée par ces histoires. Ce qui la laissait perplexe, c'était d'entendre Fouad citer Pandou, Haji et Makamé – comme des voisins à lui : des gens que, par le passé, il n'avait jamais fréquentés ni de près ni de loin ! C'était effectivement des hommes de Koani, mais de pauvres hères.

L'entretien clos, les trois messagers quittèrent le palais ; ils remontèrent en voiture et reprirent la route. Dés leur départ, comme d'habitude, Fouad fut d'une humeur de chien.

Des jours et des jours passèrent. Kijakazi ignorait tout des changements en cours, tant à Koani où ils vivaient que dans l'ensemble des îles. Elle se rongeait seulement le sang de constater l'abîme de fureur où les visites des inconnus plongeaient son maître.

Un jour elle était assise toute seule sous un arbre derrière le palais.

– Fichtre ! Qu'est-ce que c'est au juste que leur socialisme ? Qu'est-ce qu'ils lui veulent au Seigneur Fouad ? Le pauvre ! Ils n'arrêtent pas de l'enquiquiner.

Incapable de trouver une seule réponse à ses questions, elle s'avisa qu'il fallait réagir.

L'agitation révolutionnaire liée à la nationalisation du sol commençait à gagner les secteurs les plus reculés de l'île. Les planteurs traversaient une période de crise aiguë. Ils faisaient flèche de tout bois pour saboter les initiatives du gouvernement révolutionnaire.

Fouad était installé dans son salon en compagnie de trois autres planteurs en visite chez lui ce jour-là : Khalfan, Sweloum et Khator.

– Ils sont déjà venus ici ?, demanda Khator.

– Et comment ! À les entendre ils veulent dépecer mon domaine ! Tyranneaux !, répondit Fouad, débordant de colère.

– Moi aussi ils m'ont dit exactement pareil quand ils sont venus sur mes terres. Ils sont tombés sur la tête ou quoi ? Ne savent-ils pas que c'est péché capital de dépouiller autrui de son bien ?, intervint à son tour Swéloum.

– Ils racontent qu'ils veulent bâtir le socialisme. Le socialisme ! Le socialisme ! Bande d'incapables !, conclut Khalfan.

Fouad et ses amis planteurs discutèrent longtemps avant de regagner chacun ses pénates.

Fouad s'affolait chaque jour davantage. Kijakazi s'en était aperçue et bientôt elle le vit faire disparaître certaines choses. Tantôt elle le surprenait en train de cacher des pommes de terre, tantôt du sucre, tantôt des oignons. Visiblement il était sur le qui-vive.

Elle n'arrivait pas à le comprendre : aux yeux de qui s'agissait-il de dissimuler tous ces produits ? Malgré tout, elle soupçonnait la présence dans les parages d'ennemis désireux de confisquer à Fouad son beau domaine. Et elle les sentait puissants, ces ennemis. Plutôt étonnée qu'on ne lui expliquât rien de ce qui se passait, elle se disait aussi que cette affaire de socialisme et de vie communautaire était inspirée du démon, vu l'état dans lequel Fouad se retrouvait à l'issue de ces discussions.

Le soir tombait. Fouad avait sorti sa chaise-longue dans la cour devant chez lui pour prendre le frais. Il fumait cigarette sur cigarette, le nez en l'air.

Soudain Mkongwé surgit dans son champ de vision. Fouad ne put se retenir, il l'appela aussitôt :

– Mkongwé ! viens là que je te dise quelque chose !

– Me dire quoi ?, demanda la fille.

– Approche d'abord ; après tu pourras poser des questions, rétorqua Fouad, cigarette au bec.

– Vous me faites perdre mon temps ; j'ai à faire.

– Viens ici tout de suite, tonna Fouad.

– Vous êtes sourd ou quoi ? Je viens de vous dire que j'ai à faire. Je n'ai pas envie, c'est tout, lança Mkongwé en repartant vers l'étable

– Nom d'un chien ! Il n'y a pas jusqu'à Mkongwé ces temps-ci qui ne fasse son insolente ! Les choses ont sacrément bougé, sapristi !, se dit Fouad en se vautrant sur sa chaise-longue.

Mkongwé ne faisait plus rien à présent : elle laissait tout courir. Même à Fouad, elle ne montrait plus le respect exigé, le respect dû au planteur qui possède des terres et tout ce qui vit dessus, depuis les plantes jusqu'aux personnes. Instruite par Oumari des nouveaux projets du gouvernement révolutionnaire, elle comprenait ce qui se passait.

Les travailleurs de la plantation n'attendaient plus que de savoir la date où l'on procéderait au partage du domaine. Ils seraient alors en mesure de fonder leur village communautaire, seule façon pour eux d'échapper à la misère qui les accablait depuis si longtemps.

Désormais ignoré de tous les travailleurs de son domaine, Fouad se méfiait de chacun.

Des planteurs continuaient de lui rendre visite de tous les environs dans l'espoir de trouver quelle ligne suivre. Mais les uns comme les autres étaient tout aussi incapables de définir la moindre stratégie. Aussi maudissait-on le socialisme, qu'on vouait aux gémonies. On vilipendait les nouveaux dirigeants de l'État : c'était des imbéciles, des va-nu-pieds, des illettrés, des voleurs, etc.

Les délégués du gouvernement révolutionnaire se rendirent une nouvelle fois chez Fouad. Comme à l'accoutumée, il les reçut poliment au salon. Cette fois-ci ils eurent droit au café. Il apporta un paquet de cigarettes qu'il offrit à la ronde : les fumeurs se servirent. L'entretien portait toujours sur le même thème : la terre – la revendication des paysans depuis des années ! Les jours où la délégation venait chez Fouad les travailleurs de la plantation exultaient, sûrs de devoir être enfin délivrés de toutes les abominations du passé.

Contrairement à ses compagnons, Kijakazi tombait sous le coup d'un désespoir sans fin dès qu'elle apercevait ces hommes, ne sachant d'où ils sortaient, ni ce qu'ils voulaient. Elle sentait bien que leur venue ne causait à son maître que du tracas – ce qui la rendait malheureuse. Quand elle les voyait débarquer, elle restait à rôder autour du palais, elle cherchait à s'occuper sous les fenêtres du salon pour saisir au moins de quoi il retournait.

À rôder ainsi près du palais, elle entendit l'un des visiteurs dire :

– Alors, Fouad, qu'est-ce que vous décidez ? On a déjà mis sur pied des fermes coopératives ; on veut prolonger jusqu'à inclure cette portion de votre terre.

– Excellente idée !, se hâta de commenter Fouad. J'approuve sans réserve. Il s'agit là d'une mesure très positive, j'en suis intimement persuadé ; je la soutiens de tout mon cœur. Je suis entièrement disposé à adopter le mode de vie socialiste.

C'était la voix de Fouad, reconnaissable entre mille pour la fidèle Kijakazi. Elle était restée postée sous la fenêtre afin de glaner d'autres bribes de l'entretien en cours. Elle n'en croyait pas ses oreilles. Il ne lui était jamais arrivé d'entendre Fouad dire qu'il voulait vivre avec tout le monde. Elle savait seulement que ceux qui racontaient ces sornettes étaient d'infâmes mécréants et c'était la première fois qu'elle entendait son Fouad dire des horreurs pareilles.

– Ce que le maître a dit, je l'ai vraiment entendu, ou alors n'est-ce pas mes oreilles qui me jouent des tours ? Ou bien mon pauvre maître a perdu la boule à cause de ces vauriens qui viennent toujours le voir.

Elle tendit l'oreille pour capter la suite d'une discussion où elle était perdue.

– Peu importe que vous soyez d'accord ou pas. On est venu simplement vous informer de nos projets, pour que, le jour où nous mettrons notre plan à exécution, vous ne veniez pas vous plaindre : « Ils ont fait ci, ils ont fait ça », déclara Mbaroukou.

Ses camarades gardaient le silence ; ils se contentaient de fumer leur cigarette et dès qu'ils en avaient terminé une, Fouad s'empressait de leur en offrir une autre.

Mbaroukou continua ses explications :

– Comme vous le savez, il y a ici des jeunes – de familles paysannes – qui se sont regroupés pour cultiver ensemble ; ils se rapprochent de chez vous ; si vous les voyez dans le secteur, vous saurez qu'ils sont au travail.

Kijakazi avait l'oreille collée à la fenêtre ; Fouad avait repris la parole ; elle l'entendit dire plus haut cette fois :

– Des jeunes ? Amenez-les-moi ! Je leur expliquerai, parce que je pense que, s'ils sont jeunes, ils n'ont pas encore beaucoup d'expérience dans le domaine agricole.

– Ils n'ont pas besoin d'apprendre l'agriculture ; ils sont paysans de père en fils depuis des générations, riposta Mbaroukou, avant de poursuivre : tout ce qu'on vous demande, c'est de nous montrer, quand on atteindra ce secteur, tout ce que contient votre domaine.

– Rassurez-vous ; je vous montrerai tout, je vous

en donne ma parole !, promit Fouad. Il enrageait, sans pouvoir extérioriser sa fureur. Il faisait mine de rire dès qu'il ouvrait la bouche ; il était pourtant loin d'avoir le cœur à rire... Le sang lui bouillait dans le système ; la sueur lui perlait au front malgré l'air frais qui pénétrait dans le salon.

Les propos qu'échangeaient Fouad et ses visiteurs désorientaient Kijakazi, notamment les paroles de son maître. Quelle surprise de l'entendre déclarer qu'il était prêt à collaborer, et à former les jeunes paysans en question ! Naguère il refusait tout contact avec des jeunes de cette sorte, et à plus forte raison toute collaboration ou contribution à leur formation. Kijakazi se figura que son maître avait peut-être perdu l'esprit.

Tout d'un coup elle l'entendit raccompagner les inconnus ; elle quitta sa cachette.

– Vous pouvez venir ici à n'importe quelle heure du jour ou de la nuit ; je serai là pour vous accueillir, lança Fouad à Mbaroukou et à ses camarades en guise de salut depuis le seuil du palais.

– Ça alors !, murmura Kijakazi. Mon pauvre maître ! Je crois qu'il va changer d'idée...

D'abord elle s'expliqua les sorties de Fouad par une folie soudaine. Mais, ne lui voyant aucune joie, elle fut amenée à craindre que ses propos ne résultent peut-être de sa position de faiblesse. Cette idée lui mit un peu de baume au cœur, tant elle souffrait de voir son maître s'acoquiner à ces fripons.

Fouad venait de saluer ses hôtes, Mbaroukou et ses amis ; il était resté planté à l'entrée de son palais, en nage, bouillant de colère. Kijakazi passa devant lui, avec un seau juché sur la tête : elle se rendait au puits chercher de l'eau. Rien que de voir son maître, elle perdit tous ses moyens, comme si c'était elle la responsable de la révolution.

– Eh toi ! Bouge un peu ! On dirait que tu n'as pas de jambes pour marcher. D'abord qui c'est qui t'envoie chercher de l'eau ? Tu t'imagines peut-être que je t'emploie à jouer avec l'eau là-bas au puits ?

– Je m'en vais donner à boire aux bêtes, répondit Kijakazi.

En fait, Fouad n'avait aucune raison de tancer Kijakazi, mais sur qui d'autre aurait-il fait retomber sa rogne ? Kijakazi pressa l'allure : vu son grand âge, elle en titubait au point de risquer la chute à tout moment.

Fouad avait les mains liées : impossible pour lui d'infléchir le cours des événements ! Tous les jours il entendait à la radio les proclamations révolutionnaires : confiscation des biens des capitalistes, prise en main du commerce intérieur et extérieur, décrets complémentaires visant à éradiquer toute exploitation par les gros commerçants et les grands propriétaires fonciers. Il n'avait pas son mot à dire : ses insultes et ses malédictions n'étaient d'aucune portée. Chaque jour qui passait lui livrait un nouveau train de mesures révolutionnaires.

Une période relativement longue s'écoula avant qu'il n'entendît reparler du projet mentionné par Mbaroukou. Il en reprit espoir. Il se figura que ledit projet avait été enterré ou que ses anciens visiteurs avaient oublié Fouad bin Malik…

Puis, un jour, il vit deux hommes vêtus de vieilles nippes qui marchaient en direction du palais. Dès qu'il les aperçut, il rugit entre ses dents :

– Les revoilà, ceux-là ! Qu'est-ce qu'ils me veulent encore ? Que Dieu les écrase !

Mais il changea vite d'expression : finie la colère. Il fit semblant d'avoir plaisir à les revoir.

– Alors, comment ça va ? Dites donc ! ça fait un bout de temps qu'on ne s'est pas vu ! Vous m'avez laissé tomber, ma parole ! Pourquoi n'êtes-vous pas passés me voir une seule fois depuis l'autre jour ?, interrogea-t-il.

Les deux hommes préférèrent garder le silence sur leur identité. Et puisque Fouad n'avait aucun mal, de son côté, à reconnaître d'où sortaient ses visiteurs…

Il les accueillit d'une poignée de main. Eux ne disaient mot. L'un des deux fouilla dans sa poche ; il en tira une lettre. Fouad en prit connaissance et s'écria aussitôt :

– C'est le tracteur que vous voulez ? Allez-y ! Prenez-le ! Aucun problème… Un engin de première qualité, fabrication anglaise !

Il les conduisit jusqu'au tracteur ; l'un d'eux grimpa dessus et mit le moteur en marche.

– Ça va, dit-il.

Fouad leur serra la main et fit même un bout de chemin avec eux : ils étaient perchés sur la machine, tandis que le planteur allait à pied…

Avant que le tracteur n'ait atteint la route, Kijakazi, mourant d'envie de savoir ce qui s'était passé, vit Fouad qui s'en revenait comme une furie. Il ôta la *kofia* qu'il portait sur le crâne, et la jeta par terre ; puis il la piétina rageusement en fulminant :

– Ce ne sont pas des voleurs, ça ? C'est du vol pur et simple ! Ils pillent sans vergogne !

Vociférations, jurons, insultes… Il hurlait au point d'en effrayer les bestiaux qui mangeaient leur foin tranquillement dans l'étable.

Kijakazi se demandait bien ce qui était arrivé. Elle en restait interdite : on venait chez son maître et on commençait à lui prendre ce qui lui appartenait. Un tracteur flambant neuf qu'il s'était acheté récemment en même temps que sa *Rambler !*

Elle était à côté de Fouad, les mains jointes en signe de commisération. Dès qu'il la vit, Fouad se carra bien en face d'elle et lui décocha un coup de pied féroce. Elle eut juste le temps de faire un pas sur le côté, esquivant le coup. Malgré tout, privée de force par la vieillesse, elle perdit l'équilibre. Mais elle se reprit aussitôt et se releva de sa chute.

– Espèce de vieille bique ! Qu'est-ce que tu fous ici ? Tu n'as donc rien à faire ?, lui brailla Fouad dans les oreilles

Remise d'aplomb tant bien que mal, elle s'enfuit au pas de course vers l'étable.

Fouad fonça alors droit au hangar des tracteurs et des voitures. Il se faufila entre les véhicules et se mit à brailler comme un fou:

– Bande de voleurs ! Nom de Dieu ! Je vais toutes vous les bousiller !

Il jeta un coup d'œil sur la camionnette qui servait à l'acheminement des clous de girofle à Zanzibar : elle était immobilisée depuis deux mois faute de pneus arrière.

Il se glissa entre les engins et s'arrêta devant le seul tracteur qui lui restait. Celui-ci, ils pourront toujours courir pour l'avoir !, continuait-il à tempêter. Sous l'effet conjugué de la colère et de la chaleur qui régnait dans le hangar, il était en nage.

Il regarda à droite, à gauche, avant de sortir du bâtiment pour rentrer au palais. Là, il pénétra dans toutes les pièces, comme quelqu'un qui tourne en rond. Il finit par s'introduire dans son magasin à victuailles. Il ouvrit un sac de sucre, en emplit un panier, et revint au hangar, le panier de sucre dans les bras.

– Non ! Ils ne l'auront pas ! Et même s'ils mettent la main dessus elle ne leur servira strictement à rien, poursuivit-il. Il souleva le bouchon du réservoir d'essence de la camionnette.

– Le premier qui viendra mettre le contact, le moteur lui pétera au nez !, et il versa le sucre dans le réservoir.

Il en versa aussi dans celui du tracteur. Puis il releva le capot du moteur et coupa tous les câbles.

En sortant du hangar, il alla droit à l'étable. Il enfonça la porte avec fracas et fit sursauter Kijakazi. Elle était assise, prostrée, anéantie, comme si son propre père venait de rendre l'âme :

– Disparais de ma vue, corbeau de malheur !, lui cria Fouad.

En réponse à son tapage, elle se redressa et se mit à courir d'un pas chancelant, appuyée sur des gourdins pour ne pas tomber.

À l'intérieur de l'étable, il commença à tout casser : les planches, le reste... Le charivari mit les bêtes en émoi : elles finirent par pousser des meuglements effroyables comme si un léopard s'était introduit parmi elles. Fouad jeta les yeux à droite et à gauche ; puis il tira un bout de bois qu'il avait à sa portée et se retrouva tout bête à le voir, là, dans sa main ; il le projeta alors contre une vache en lui hurlant dans les naseaux :

– Et je vais tous vous libérer ; déguerpissez ! Allez donc retrouver ce socialisme que vos confrères bovins sont en train d'édifier !

Au sortir de l'étable, il fila directement jusque

chez lui. Il se jeta sur son lit en soufflant comme un asthmatique :

– Que Dieu les maudisse ! Que Dieu les écrabouille, ces mécréants !, tonitruait-il.

Il perdait tout contrôle de lui-même. Le lendemain matin, après le thé, il endossa sa tenue de ville, et au volant de sa *Rambler il* partit sur les chapeaux de roue. D'un trait il se retrouva à Shangani chez son ami Nassor. Arrivé à destination, sans même descendre de voiture, il donna un coup de klaxon. Nassor, qui en connaissait parfaitement le timbre, jeta un coup d'œil par la fenêtre.

– Habille-toi ! En route !, lui enjoignit Fouad.

– Où ça ?, demanda l'autre.

– On va se rincer la dalle !

Nassor s'habilla en vitesse. Puis ils partirent ensemble en direction du Bar du Marché. Là ils se jetèrent d'emblée sur l'alcool. Une seule chose les occupa : la menace de confiscation pesant sur le domaine de Fouad. Malgré son ivresse avancée, le planteur devait se garder de parler trop fort, qu'on allât point le surprendre à dénigrer le gouvernement révolutionnaire que tous les citoyens avaient accueilli à bras ouverts.

Ils burent jusqu'à la tombée de la nuit. Après quoi ils se mirent en quête d'un lieu de plaisirs.

– Lequel on essaie aujourd'hui ?, demanda Fouad.

– Le Populaire, répondit Nassor.

– Le Populaire ? C'est où, ça ?

– Le Club Populaire, où l'on danse, à Mnazimmoja.

– On y danse ? Vite ! En route !, décida Fouad.

Ils remontèrent en voiture et roulèrent jusqu'au Club Populaire de Mnazimmoja.

Il y régnait une chaude ambiance. La musique battait son plein. Les hommes dansaient, le cœur en liesse. Autrefois ce genre d'occasion leur était interdit, le Club étant réservé aux riches. Les ouvriers et les paysans devaient se contenter de regarder du dehors : à l'époque, ça s'appelait le Club Karimjee. À la Révolution, l'État en prit le contrôle. Le Club devint un lieu célèbre où les travailleurs de la ville et de la campagne venaient se divertir après leur journée de labeur.

Le tableau que Fouad découvrit à l'intérieur de la salle ne lui inspira que du dégoût. Il constata que l'assistance se composait exclusivement d'hommes semblables à ses valets de ferme : c'est-à-dire des gens sur lesquels il exerçait un empire personnel absolu.

– Qu'est-ce qu'ils peuvent connaître aux plaisirs, ces sauvages-là ? Je rentre. Tu voudrais que je supporte une foire pareille ?, lança-t-il à Nassor.

Il sortit tout seul et laissa son ami s'amuser et danser. Il remonta dans sa *Rambler* et quitta les lieux. Il était complètement saoul et, à la hauteur de Mikoungouni, il jeta sa voiture contre un arbre et perdit connaissance sur le coup.

Kijakazi était dans tous ses états. À chaque fois que Fouad se rendait à Zanzibar, elle n'arrivait pas à fermer l'œil avant d'avoir entendu rentrer la voiture de son maître. Or cette nuit-là, il était minuit passé, et Fouad n'était pas encore rentré ! Elle somnola pendant des heures. Mais toujours pas de Fouad !

– Mon Dieu ! Pourvu qu'il ne lui soit rien arrivé, le pauvre !, s'exclama-t-elle, assise sur son lit de corde.

Elle ne put se rendormir. À mesure que les ténèbres s'épaississaient sans qu'elle ait vu son maître rentrer, son angoissé grandissait. Cette nuit-là, elle se rendit chez Mkongwé. Elle frappa à la porte de la cabane.

– À l'heure qu'il est, Kijakazi ! Qu'est-ce qui vous arrive ?, demanda Mkongwé.

– Maître Fouad n'est toujours pas rentré. Pourvu qu'il ne lui soit rien arrivé !, répondit Kijakazi, la voix brisée.

– Vous et votre Fouad, alors ! Et moi qui croyais qu'il vous était arrivé malheur, ou quelque chose. Fichtre ! Vous n'avez pas fermé l'œil jusqu'à l'heure qu'il est maintenant, tout simplement parce que Fouad n'est pas encore rentré !

– Ce n'est pas dans ses habitu...

Kijakazi n'eut pas le temps d'achever. Mkongwé lui coupa la parole :

– Écoutez, mon amie. Si c'est effectivement

pour ça que vous êtes venue, vous feriez mieux de vous en retourner et de me laisser me reposer ; comme si je n'étais pas déjà morte de fatigue à trimer là où je travaille.

Kijakazi resta sans voix. Elle s'éloigna encore plus inquiète qu'avant.

Le matin arriva sans que Fouad fût rentré. Kijakazi était debout devant la porte du palais, une main sur une joue, ne sachant que faire. Soudain une ambulance ! Elle se précipita. À vrai dire, elle ignorait la nature du véhicule. Elle pensait que Fouad avait acheté une autre voiture – une encore plus grosse ; quelle ne fut pas sa stupéfaction de voir l'arrière du fourgon s'ouvrir comme une porte et quatre hommes en sortir avec un brancard ! C'était Fouad qu'on portait.

– Au secours ! Au secours ! Mon pauvre maître !

Elle se répandit en lamentations. Elle pleurait et gémissait comme une épouse soudain frappée de veuvage. Tous ses camarades de travail accoururent, mais pas un ne manifestait de chagrin ou de pitié. Tous regardaient la vieille femme dont les larmes coulaient.

Ils guidèrent les brancardiers jusqu'à la chambre de Fouad, qu'on allongea sur son lit.

– Ne pleurez pas, ma mère ! Il n'est pas gravement blessé, dit l'un des porteurs. Il la consola. Puis, constatant qu'elle était seulement d'humeur à pousser ses cris, il la laissa tomber. Tous quatre regagnèrent l'ambulance et retournèrent en ville.

Kijakazi manifestait envers Fouad la même compassion qu'une mère pour son petiot malade. Fouad ne pouvait prendre sa voiture sans que la vieille servante l'accompagnât de ses prières : « Que Dieu le fasse revenir indemne ! » ; mais ce jour-là, voilà qu'il était rentré dans cet état, accidenté ! Blessé à la tête et à la jambe droite ; avec un bandeau blanc autour du crâne et la jambe dans le plâtre.

Cet accident cloua Fouad au lit pendant deux mois. Sa jambe guérissait, mais il s'entêtait : au lieu de rester tranquille il se conduisait comme un gosse, peut-être à cause du traumatisme crânien qu'il avait subi.

Un soir Kijakasi se rendait à la cuisine chercher son rouleau à pâte. Fouad était dans sa chambre étendu sur son lit. Quand il la vit passer, il l'appela spontanément :

– Kijakazi ! Kijakazi ! Viens me masser la jambe !

Il découvrit sa jambe. Elle était plâtrée. Kijakazi hésita, suffoquée. La chambre de Fouad la terrifiait. Jamais elle n'avait imaginé qu'un jour Fouad l'appellerait dans sa chambre.

Il appela à nouveau, très doucement :

– Kijakazi ! Je t'ai dit de venir me masser la jambe !

Elle pénétra prudemment dans la pièce, s'avançant sur la pointe des pieds en direction du lit où il était couché, comme un chat qui s'approche d'un rat qu'il veut attraper.

– Et pousse un peu la porte !, ordonna-t-il, mais sans ce ton courroucé qui lui était habituel.

Elle repoussa la porte derrière elle et vint se poster au coin du lit où il était étendu.

– Assieds-toi ! Assieds-toi ! De quoi t'as peur ?

Elle s'assit très délicatement au bord du lit et plaça la jambe plâtrée de Fouad sur son giron.

Elle commença à la masser, à la tapoter.

– Oui, ça fait du bien comme ça !, dit-il à voix basse.

Elle massait et tapotait la jambe de Fouad comme une mère qui câline son petit. Elle ressentait comme un honneur suprême que Fouad l'ait fait venir pour lui masser la jambe. Jamais une telle occasion ne lui avait été accordée depuis le jour où Mme Maïmouna lui avait interdit de porter Fouad alors qu'il était encore bébé. Kijakazi, le cœur inondé d'une joie immédiate, embrassa la jambe de Fouad. Elle avait l'impression de cajoler un enfant, qui s'endort doucement.

Elle massait la jambe en s'appliquant de son mieux. Reculée au maximum, elle se faisait la plus petite possible.

– Ah ! Kijakazi !, commença à susurrer Fouad, tout à la jouissance de se faire masser. À compter d'aujourd'hui c'est toi qui vas me soigner la jambe.

Tu fais ça mieux que n'importe lequel de ces docteurs. D'ailleurs c'est toi qui m'as élevé quand j'étais gosse, dit Fouad à Kijakazi qui lui baisait la jambe.

– C'est vrai, Maître, bafouilla la vieille, en larmes, tant elle avait pitié de son maître. C'est moi qui vous ai élevé dès votre plus jeune âge, et j'étais la seule à pouvoir vous calmer quand vous vous mettiez à pleurer. Personne d'autre n'y arrivait ! Même Mme Maïmouna, votre mère, n'arrivait pas à vous apaiser. Vous étiez un bon petit gars, poursuivit-elle.

– Allons, Kijakazi, tu es ma fidèle servante. Quelles étaient les chansons que tu me chantais dans mon enfance ? Allez, chante-moi quelque chose, supplia-t-il.

Tant d'amabilité lui allaient droit au cœur ; c'était bien la première fois que Fouad lui disait des choses aimables.

– Ce n'est pas pour rien, se disait-elle, que j'ai travaillé tant d'années à son service, puisque aujourd'hui il est content de moi, et il me dit que je suis sa fidèle servante. Elle en éprouvait une joie extraordinaire.

– Maître ! je ne vois pas comment je pourrais chanter comme je le faisais dans le temps pour vous !, répondit-elle effrayée, tandis qu'elle continuait à dorloter la jambe de Fouad.

Elle entama une chanson, avec sa grosse voix qui

grinçait comme un chaudron rouillé. Fouad parut s'en amuser. Kijakazi semblait flotter dans un rêve, éperdue de bonheur. Elle continua à chanter :

Dors, mon petit, dors, sur ton petit lit, dors !
Gloire à ton Papa ! Gloire à ta Maman !
Dors, mon…

– Ferme-la !, rugit Fouad, qui avait balayé toute gentillesse. Avec ta voix de bœuf ! C'est peut-être ça que tu me chantais, hein ?, s'emporta-t-il.

– C'est la même, Seigneur ! C'est la chanson que vous redemandiez tous les soirs ! C'est la chanson que je vous chantais ! C'était la plus belle de toutes ! C'est la vérité ! Je ne mens pas !, répondit Kijakazi, tremblant de la tête aux pieds, morte de peur d'avoir indisposé son maître et de lui abîmer la jambe avec ses tremblements.

– Je n'ai pas envie d'entendre ta voix cassée ! Ça ne vaut pas chipette ! Ces sauvages me persécutent, et toi tu n'es même pas capable de me réconforter d'une simple chanson ! Sors d'ici ! Que le bon Dieu vous maudisse tous tant que vous êtes !

Il tonitruait en cherchant à se redresser, sans y réussir.

– Est-ce que je dois m'en aller, maître ?, demanda Kijakazi, épouvantée à l'idée qu'elle avait commis un péché mortel.

– Va-t-en ! Fiche le camp !, vociféra Fouad.

Elle posa doucement la jambe du blessé sur le lit, avant de se mettre debout.

– Fous le camp ! Va donner à boire aux bêtes. Remue-toi !

Elle sortit en vitesse de la chambre, haletante. Elle gagna l'étable et donna à boire aux bestiaux conformément aux ordres de Fouad.

– Je n'ai que ce que je mérite, se disait-elle en versant de l'eau aux vaches. Elle pensait qu'elle lui avait donné des verges pour se faire battre : n'avait-elle pas fait la fière ?

Quelques jours plus tard, Fouad la rappela dans sa chambre. Cette fois-ci il était assis sur son lit, un oreiller dans le dos. Comme la première fois, elle vint s'asseoir sur le bord du lit ; elle souleva avec soin la jambe de Fouad qu'elle installa délicatement sur ses cuisses. Elle jetait sur Fouad des yeux écarquillés comme si c'était la première fois qu'elle le voyait.

Elle avait placé la jambe de Fouad sur son giron : elle la massait. De but en blanc il se mit à lui poser certaines questions :

– Dis-moi un peu, Kijakazi, commença-t-il. Comment le vois-tu, toi, le monde d'aujourd'hui ? Qu'est-ce que tu penses de toutes ces nouveautés ces derniers temps ?

Elle était bien en peine quoi répondre parce qu'elle n'était au courant de rien. Elle n'osait même pas ouvrir la bouche de peur de se faire chasser comme la première fois. Elle bredouilla et s'appliqua à masser la jambe de Fouad en fredonnant.

Dors, mon petit, dors,
Dors, mon petit, dors...

– Eh là ! Je te parle ! Tu me crois dingue, ou quoi ? Je t'ai demandé si ces innovations, ça te plaisait ou pas, redemanda Fouad mécontent.

– Ça... ça me plaît, Maître ! Je loue le bon Dieu pour tout !

– Qu'est-ce que tu chantes ?, s'exclama-t-il en la fusillant du regard. Ça te plaît, ces sauvages ! Ces gueux ! Ces fripouilles ! Ces cons ! Ça te plaît, ce qu'ils font, ces mécréants ? Oh ! alors, toi aussi tu trempes dans leurs manigances !

Fouad l'abreuva de reproches véhéments. Elle en resta bouche bée et ne sut plus quoi dire. Elle ne comprenait même pas ce que lui demandait Fouad. Elle n'entendait rien à ces changements sur lesquels il l'interrogeait. La tête lui tournait et elle dit tout d'un coup :

– Je ne sais pas où vous voulez en venir, maître ! Moi, Je ne comprends rien à tout ça.

Prise de panique, elle tremblait comme une feuille.

– Je vois que tu es de mèche avec ces brigands, hein ? Si j'avais su que j'abritais un serpent dans ma propre maison !

– Ah ! mon Maître ! J'ai servi votre père fidèlement, comme je vous servirai vous aussi de toutes mes forces, jura-t-elle solennellement.

Du coup, Fouad se radoucit. Il reprit doucement sa conversation :

– Écoute, Kijakazi, il faut que tu saches qu'ici, dans cette maison, on te considère comme l'une des nôtres ; tu es comme ma grand-mère ; tu es sur un pied d'égalité avec n'importe quel membre de ma famille. Tu as toujours été une servante dévouée. Kijakazi, il faut que tu comprennes que tu es comme ma mère, parce que c'est toi qui m'as élevé. Je te promets qu'à ta mort, je te ferai des funérailles grandioses, comme on n'en a jamais vu ici à Koani. Et je te le dis franchement : pour moi, tu as été une seconde mère.

Il reprit :

– Mais, écoute, Kijakazi ! Ces espèces de sauvages... des sacrés géants, qui se prennent aujourd'hui pour des ogres ! Et voilà ces gorilles de village, ces va-nu-pieds, qui s'acoquinent ! Voilà qu'ils racontent à qui veut les entendre qu'ils lancent la culture collective et la vie communautaire ! Comme si ces zozos, bêtes comme ils sont, étaient capables de réussir quoi que ce soit ! Chaque fois qu'ils viennent ici, ces culs-terreux, c'est pour m'annoncer qu'ils ont en tête de me voler mon domaine, comme si j'allais m'aboucher à des brutes de leur espèce ! Ils ne comprennent rien à rien, et ils se croient supérieurs à moi, Fouad, Fouad bin Malik ?

Il continuait à pourfendre, calomnier, agonir d'injures les mesures socialistes et le régime révolutionnaire.

Un moment, il hésita, secoua la tête et repartit :

– Écoute, Kijakazi ! si je te raconte tout ça, c'est parce que j'ai confiance en toi. Une dernière chose : je tiens à te mettre en garde contre Mkongwé. Fais-moi plaisir : tiens-toi à l'écart ! Laisse-la dans son coin, parce qu'elle nous a déjà trahis, et telle que je la vois, elle va nous plaquer sous peu, elle va s'enfuir ! Voici un bout de temps qu'elle traîne à ne rien faire ; fainéante comme un pou, et d'une impertinence ! Elle est devenue si grossière ! L'autre jour, je l'ai appelée : elle a été d'une impudence incroyable. Qu'elle nous fiche le camp ! Bon débarras ! Quand elle aura quitté, il faudra que toi, Kijakazi, tu abattes plus de travail.

C'est de très loin que Kijakazi percevait les paroles de Fouad. Pendant qu'il parlait, elle n'arrivait pas à s'imaginer que ces mots s'adressaient bien à elle. Elle commença à s'interroger :

« Qu'est-ce qu'il a dit ? Que je suis comme une seconde mère pour lui ? Qu'est-ce que ça veut dire ? Que je suis l'égale de n'importe quel membre de sa famille… Oh ! le maître m'a fait de beaux compliments aujourd'hui. C'est bon ! Je ne me décarcasse pas pour rien. Maintenant je vais en faire encore plus pour qu'il soit encore plus content de moi. »

Elle continua à lui masser la jambe jusqu'à ce qu'il s'endormît. Puis elle la lui allongea délicatement sur le lit. Elle sortit, ferma la porte, et le laissa dormir.

Le lendemain elle espérait se faire à nouveau appeler par Fouad pour les massages, l'entendre encore lui dire qu'elle était comme une autre mère pour lui. Ces paroles lui procuraient une telle joie ! Mais le lendemain passa, et le surlendemain, et tous les jours les uns après les autres, inexorablement, sans qu'elle soit rappelée auprès de Fouad pour lui soigner la jambe.

Elle s'était allongée sur son lit de corde, quand, brusquement, Mkongwé fit son apparition dans la pièce. À la manière dont la fille avait fait irruption il était clair qu'elle avait un message important à transmettre. Elle tenait à la main un petit balluchon.

– Je suis venue vous dire adieu, Kijakazi. J'ai décidé de partir, et demain, dès l'aube, je quitte. J'en ai marre de voir Fouad m'exploiter et me traquer. Ce type n'a ni cœur ni âme. Un égoïste ! Un débauché ! J'en ai par-dessus la tête ; je m'en vais !

– Pour aller où, ma fille ? Ici, t'es tranquille, personne ne t'embête. Où veux-tu aller ?, demanda Kijakazi.

– Personne ne m'embête ? Bien sûr qu'on m'embête ! Et même que je me fais embêter comme il n est pas permis.

– Qui est-ce qui t'embête, ma fille ?

– C'est mon affaire, répondit Mkongwé.

Kijakazi se souvint aussitôt de ce que Fouad lui avait dit à propos de Mkongwé : qu'il n'avait plus confiance en elle, et qu'elle risquait de leur fausser compagnie à tout moment. Elle en conclut que tout ce que Fouad avait dit était vrai, pas seulement par rapport à Mkongwé, mais aussi bien par rapport aux autres et à tout leur manège.

Elle tourna les yeux vers Mkongwé et lui dit en la regardant droit dans les yeux :

– Mkongwé ! ne t'en va pas, je t'en prie ! Ne suis pas ces voyous !

– Et ces « voyous », qui c'est ?, demanda Mkongwé.

– Ces types qui sont toujours en train de venir ennuyer le maître.

– Eux ? dit Mkongwé. Ce sont des gars très bien. Et je prie seulement le bon Dieu qu'il les aide à réaliser leurs projets. Qui est-ce qui vous a dit que c'était des voyous ?

– Le maître ! Maître Fouad m'a dit que c'était des va-nu-pieds, des voleurs, des mécréants.

– Ils ne sont ni voleurs, ni gueux. Ils ont leur dignité ; et même ils en ont davantage que Fouad ! C'est lui le voleur ; il vole la force des gens. C'est lui le débauché ; il n'a pas la moindre retenue. Il nous dépose ici. il nous traite comme des bestiaux et nous laisse sans le sou, dit Mkongwé que la colère gagnait.

– Oh ! Mkongwé ! C'est ainsi que tu parles ! C'est ainsi que tu traites ton maître !

– Oui ! je le dis et je le répète : c'est un pillard, c'est un porc, un salaud, un sans-cœur ! Et un jour viendra, Kijakazi, si vous êtes encore en vie, où vous penserez pareil.

– Comme ça, tu m'abandonnes, ma fille ? Maintenant c'est sur moi que retombe tout le travail ? Plus personne pour m'aider, dit-elle en haletant comme si elle venait de courir sur plusieurs kilomètres. Puis elle reprit la parole pour amadouer Mkongwé.

– Au moins, tu sais ce que tu fais, petite fille ? Tu as bien réfléchi avant de te décider à quitter ton travail ? Je te préviens, Mkongwé : tu vas revenir après en disant que tu te mords les doigts. Mais tu sais, c'est trop tard quand le mal est fait. Il faut réfléchir mûrement parce qu'après tu voudras revenir et le maître te refusera.

– Qui ? Moi ? revenir ici, chez cet exploiteur qui nous gruge honteusement ? Je préfère mourir de faim plutôt que de remettre les pieds ici. C'est tout réfléchi ! J'ai décidé d'aller rejoindre mes camarades de la ferme coopérative. Je vais aller vivre parmi eux. C'est bien, là-bas. Ils ont près de cinquante vaches et ils n'ont pas assez de femmes pour s'occuper du bétail. Il y a des poules, il y a des chèvres ; cette ferme dont je vous parle marche très bien.

– Elle est mieux que celle du maître ?

– Eh ! mon amie Kijakazi ! Votre maître, il n'a plus de ferme à l'heure qu'il est ! Où est-ce que vous étiez tous ces derniers temps ?

– Et les vaches là-bas, à qui elles sont ?

– Elles appartiennent à tous ceux qui travaillent à la ferme.

– Mais comment est-ce possible ? Si elles sont à tout le monde, comment chacun reconnaît-il son lait ?

Mkongwé se cala confortablement : le moment était visiblement venu de donner des explications

– Maintenant, écoutez-moi bien, Kijakazi, commença-t-elle. Tout le lait qu'on tire, on le met dans des bidons qu'on porte aux magasins où il sera vendu. L'argent ainsi obtenu est partagé en fonction du travail accompli par chacun sur la ferme. Le surplus est mis de côté et déposé à la banque sur le compte de la coopérative. C'est le même système qui fonctionne pour les autres productions, comme le riz, le manioc, etc. Celui qui travaille davantage touche davantage : vous me suivez ?

En l'occurrence, Mkongwé avait l'impression d'être une maîtresse d'école qui explique à un élève quelque chose d'entièrement nouveau pour lui. Ces propos décontenançaient Kijakazi : c'était la première fois de sa vie qu'elle entendait des choses pareilles.

– Qui c'est le patron là-bas ? Qui c'est qui joue le rôle de Maître Fouad ?

– Écoutez, Kijakazi ! Vous avez l'habitude d'avoir toujours quelqu'un sur le dos, à vous commander. Vous voulez qu'on soit toujours derrière vous, la trique à la main, à vous crier dessus comme sur une bête de somme, expliqua Mkongwé à Kijakazi en s'approchant d'elle.

– C'est le lot que j'ai reçu du bon Dieu ! Il y en a à qui le bon Dieu a donné d'être les maîtres, et d'autres à qui Il a donné d'être pauvres. Il faut comprendre, Mkongwé, que chacun a le rang que Dieu lui a donné. C'est comme ça qu'est bâti le monde.

– Certainement pas le monde d'aujourd'hui !, dit Mkongwé d'un ton provocateur.

– Ah bon ?

– Certainement pas !, reprit la fille. C'est vrai qu'actuellement il y a des riches et des pauvres ; mais je vous promets que les riches ne vont pas continuer à vivre riches et les pauvres à mourir pauvres. La situation change.

– Et qui c'est qui l'a changée ?, demanda Kijakazi d'un ton narquois.

Excédée, Mkongwé répondit :

– Les gens ! Ce sont les gens, et personne d'autre, qui l'ont changée ! Ce sont les gars que vous voyez venir ici de temps en temps et repartir, qui ont changé les choses, avec leurs camarades !

– Écoute, petite ! Tu ne changeras jamais rien avec des cris. Calme-toi et parle posément, dit Kijakazi qui craignait que Fouad ne les entendît.

Mkongwé, malgré sa ferveur, reprit la parole à voix basse. Elle se rendit compte qu'elle avait eu tort de crier sur la vieille servante à qui elle se devait au contraire d'expliquer les choses jusqu'à ce qu'elle comprît.

– Kijakazi ! je sais que vous avez peur de Fouad. Je sais que vous êtes sa servante dévouée, d'une fidélité à toute épreuve.

– Vraiment, hein ?, s'exclama Kijakazi, le visage soudain épanoui par la joie d'entendre Mkongwé lui adresser de tels compliments.

– Arrêtez vos bêtises ! Et écoutez un peu ce que j'ai à vous dire !, éclata à nouveau Mkongwé en criant sur la vieille. Je sais que Fouad a une confiance absolue en vous et qu'il vous fait venir ces jours-ci dans sa chambre pour que vous le soigniez. Je sais aussi qu'il vous a avertie de ne pas me fréquenter. C'est pour ça que tous ces derniers temps vous me fuyez comme un démon qui fuit le Coran. Mais réfléchissez un peu, Kijakazi ! Pourquoi tolérez-vous qu'on vous fasse trimer comme un âne pour même pas deux sous ?

– Ce n'est pas une question d'argent, mon amie !

– Alors, c'est quoi ?

– C'est l'amour du travail.

– L'amour du travail ? Le travail pour qui ? Pour ce grippe-sous qui irait jusqu'à manger sa propre graisse ? Moi je ne peux plus supporter ses sévices.

– Mkongwé, ma fille, rétorqua Kijakazi en lui tapotant l'épaule, c'est quelque chose que tu ne peux pas comprendre. Ce n'est pas seulement à cause de Fouad que je suis ici, mais à cause de tout ce qu'il y a dans son domaine. Ma mère a fini ses jours ici et moi j'ai l'intention de suivre son exemple. Si je suis ici, c'est pour tout ça. J'aime le Seigneur Fouad, et ses poules, et ses vaches, et tout ce que contient le domaine : je l'ai à cœur. J'ai décidé de servir ici jusqu'à ma mort.

Mkongwé se taisait. Elle voulait demander à Kikazi si son fameux seigneur lui avait jamais acheté ne serait-ce qu'un bout de drap noir ; mais malgré son envie, elle garda le silence, consciente que son interlocutrice parlait du fond du cœur – ce qui en soi méritait respect.

En même temps elle continuait à fustiger les sottises de Kijakazi, sa servilité, son dévouement aveugle et dégradant. Elle reprit ses explications doucement :

– Kijakazi, votre dévouement n'échappe à personne. Je n'ai jamais rencontré quelqu'un d'aussi dévoué que vous. Mais ça sert à quoi, d'être dévouée à un type pareil ? Vous avez sacrifié votre vie entière sur cette plantation, et qu'est-ce que vous avez reçu pour votre peine ? Rien ! strictement rien ! Ce domaine vous a sucé votre énergie et votre sang. Il vous a consumée comme une lampe consume son huile. Cette ferme vous a brisé les jambes, et après toutes ces années de travail au service de Fouad, et de fidélité à toute épreuve, vous n'avez même pas un mètre de drap noir à vous mettre sur le dos ! C'est vrai que la plantation de Fouad est vaste et splendide. Mais y a-t-il une seule palme qui soit à vous ? Il n'y a absolument rien qui vous appartienne ! Vous n'avez même pas votre propre personne à vous ! Elle appartient au propriétaire foncier au même titre que ses poules et ses vaches. Elles sont mieux loties que vous, les poules et les vaches ! Elles, au moins, elles ont de quoi se repaître ! Ce brigand n'a pas le moindre respect pour vous. Même moi, j'étais moins maltraitée que vous. Voilà déjà un moment que tout le monde vous évite ici, de peur que vous n'alliez moucharder à Fouad ce qui se discute entre nous. Mais à présent vous savez tout ; je ne pouvais plus vous cacher ce que j'avais sur le cœur. Je m'en vais d'ici.

Tout le temps de sa discussion avec Mkongwé, Kijakazi ne vivait pas. Elle avait l'impression que son maître entendait tout ce que la fille racontait. Elle lui jeta un regard noir et explosa brutalement :

– Mkongwé ! Mkongwé ! S'il te plaît ! Arrête tes inepties et disparais de ma vue ! Fais-moi le plaisir de t'en aller. Tu n'as donc pas même pitié de moi ?, s'écria-t-elle, éclatant en sanglots.

– Kijakazi, mon amie, calmez-vous, calmez-vous, je vous en prie. Ne pleurez pas comme ça : je ne vous ai rien dit de mal. S'il vous plaît, arrêtez de pleurer ; si vous continuez, vous allez me faire pleurer moi aussi. C'est bon, je m'en vais, je pars ; mais, je vous le demande, si vous avez un jour l'occasion, venez me voir là-bas, nous reparlerons de tout ça ensemble à ce moment-là, dit Mkongwé.

Elle sortit aussitôt de la pièce et sans attendre le lendemain comme elle avait prévu au départ, elle prit le balluchon qu'elle avait déjà ficelé. Avec pour tout adieu sa dispute avec Kijakazi, elle se mit en route, fuyant la terre de Fouad pour en gagner une autre. Quand Mkongwé la quitta, Kijakazi pleura tellement qu'elle en eut le hoquet.

Pendant toute la journée qui suivit, elle accomplit ses corvées la mort dans l'âme. Ainsi, Mkongwé méprisait son maître ! Elle l'avait traité de voleur, de débauché, de pingre ! Les insultes avaient plu ! Aux yeux de Kijakazi, Fouad était un parangon de vertus, il n'avait pas son égal pour l'honneur et la dignité. Il était le plus beau, il était sans défaut. Et aujourd'hui, voici que Mkongwé le démolissait devant elle !

« Jamais je ne l'oublierai, petite garce ! Vraiment, les jeunes d'aujourd'hui n'ont aucun respect ! » se dit-elle.

Elle exécutait mille et une tâches différentes. De temps à autre elle s'arrangeait pour passer devant la chambre de Fouad au cas où il l'appellerait et la féliciterait de sa fidélité ; mais rien de tel n'arrivait. Fouad se rétablissait petit à petit ; on lui avait ôté la jambe du plâtre.

Pourtant, un jour que Kijakazi avait fait le détour par le palais, Fouad l'appela :

– Kijakazi ! Viens par là !

Elle hésita une seconde, puis se réjouit : depuis le temps qu'elle attendait cette occasion ! Elle esquissa un sourire devant Fouad, mais lui, de but en blanc, l'épingla, d'un ton accusateur :

– Qu'est-ce que tu as à rigoler ? Je me demande bien ce qui te fait rire ! Je t'ai dit de venir ici !

Il avait déjà tout oublié des gentillesses dites le jour où elle lui avait massé sa jambe blessée. Elle n'était plus désormais sa seconde mère ; elle n'était plus l'égale des autres membres de sa famille. Elle était redevenue la Kijakazi habituelle.

– Où est Mkongwé ?

Kijakazi eut envie de répondre que la fille était partie ; mais elle craignait en disant la vérité de se faire accuser de complicité avec la rebelle, alors même que Fouad l'avait prévenue.

– Je ne sais pas, maître.

– Tu ne sais pas ? Va me la chercher qu'elle vienne me nettoyer mes chaussures !, ordonna Fouad avec ses cris habituels.

– Je ne sais pas où la trouver, maître.

– Tu ne sais pas où la trouver ? Va me la chercher jusqu'à ce que tu la voies !

Lourde tâche pour Kijakazi ! Trouver Mkongwé alors qu'elle savait pertinemment qu'elle n'était plus sur la propriété de Fouad ! Elle était en peine où chercher… Tout ce qu'elle savait, c'était que la fille était allée rejoindre ceux que Fouad appelait « les gueux ». Elle avait peur de dire la vérité, car dès qu'elle aurait avoué, Fouad ne lui objecterait-il pas :

– Comment peux-tu savoir si tu n'es pas complice ?

Son angoisse la paralysait.

Elle s'obstina à chercher Mkongwé aux quatre coins de la plantation, sachant parfaitement qu'elle ne la verrait point.

Au bout de plusieurs heures, elle revint trouver Fouad : il était assis dans son salon.

– Je ne l'ai pas vue, maître.

– Tu ne l'as pas vue ? Tête de mule ! Je t'avais dit de ne pas revenir avant de me l'avoir retrouvée !

– Mais, Seigneur…

– Mais, mais, mais… quoi ?

– Mais, Seigneur, j'ai regardé dans tous les coins, et je ne l'ai pas vue !

– Tu es allée voir dans sa cabane ?

– Je suis allée partout, maître ! Il n'y a pas un coin de ce domaine que j'ai laissé de côté. Mais je ne l'ai pas vue.

– Ah oui ! Comme ça tu ne l'as pas vue, hein ? Qu'elle aille au diable ! Il faut qu'elle ait fichu le camp d'ici ; je vais aller voir son père, le Père

Sharouani, je vais tout lui raconter, dit Fouad, à voix basse à présent. Et Oumari, tu l'as vu quelque part ?

– Oumari, je lai laissé là-bas dans la vallée Il nettoyait dans la rizière, répondit Kijakazi.

– File me l'appeler !

Kijakazi était vannée, mais c'était ça le dévouement ! Dévouée à son Seigneur ! Sans perdre un instant elle partit jusqu'au champ, là-bas, où travaillait Oumari.

– Oumari, le maître te demande

Il se redressa, s'étira : il était en nage. Il regarda la vieille et fit non de la tête

– Kijakazi ! tu ne vois donc pas que je suis en plein travail ?

– Je lui ai dit que tu étais en train de désherber dans la rizière, mais il m'a envoyée t'appeler tout pareil.

– Retourne lui dire que je refuse.

– Quoi ? Si tu crois que je peux lui répondre ça, moi ! Certainement pas !

– Ne crains rien, Kijakazi ! Va lui dire exactement ce que je t'ai dit. Tu n'as pas à avoir peur de lui. Son temps est fini. Et on attend tous ici le jour où on fichera le camp. Peut-être bien que tu resteras toute seule ici, Kijakazi, dit-il en souriant.

Elle retourna au palais en courant. Elle retrouva Fouad assis au même endroit dans son salon

– Où il est ?, demanda-t-il d'un ton hargneux

– Il dit… il dit que… ; elle n'arrivait pas à transmettre le message.

Qu'est-ce qu'il dit ?, demanda Fouad en bondissant du siège où il était assis. Qu'est-ce qu'il dit ?

– Il dit qu'il ne veut pas venir, répondit-elle terrifiée.

– Il ne veut pas ? Il a le culot de me répondre ça ? Qu'il aille au diable ! C'est la dernière fois qu'il met les pieds sur ce domaine ! Ça suffit : retourne à ton travail, et quand Oumari viendra, on s'expliquera ensemble.

À vrai dire, Fouad avait fini par comprendre que son heure était passée. Il était sur une pente plutôt glissante. Ses employés l'avaient tous compris excepté Kijakazi.

Elle besognait du matin au soir. À la nuit tombée, elle réintégrait sa cahute. Elle se jetait sur son lit ; allongée sur le dos, elle fixait des yeux les poutres du toit. La lampe à huile qui brûlait à l'intérieur répandait une lueur qui suffisait à lui révéler le délabrement de son existence sans lui permettre de découvrir les moyens d'y remédier. Les idées se bousculaient dans sa tête. Particulièrement préoccupée par la dernière conversation qu'elle avait eue avec Mkongwé, elle essaya de réagir pour en chasser le souvenir de sa mémoire : sans résultat !

Elle en perdit le sommeil. Elle se sentait comme frappée d'un deuil cruel. Les propos de Mkongwé lui avaient brisé le cœur. Pour elle, c'était comme si la fille avait essayé de la brouiller avec son maître bien-aimé.

Elle s'agitait, se tournait d'un côté, se tournait de l'autre. Mais le sommeil lui échappait totalement Tantôt l'assaillaient les souvenirs de Fouad. Elle repensait à ce jour où elle avait soigné la jambe et bavardé paisiblement avec lui. Hormis ce jour, il ne lui avait jamais adressé posément la parole. Le souvenir de cette occasion exceptionnelle ne lui procurait même plus la joie escomptée, parce qu'elle repensait à la manière dont elle s'était fait insulter avant d'avoir achevé la chanson exigée.

Tantôt elle entendait dans sa tête les mots d'Oumari : « Tu n'as pas à avoir peur de lui. Son temps est fini. » Elle y réfléchissait, sans y découvrir aucun sens. Elle ne comprenait pas ce qu'Oumari disait.

Après s'être tournée et retournée dans tous les sens, pendant de longues heures, elle s'assoupit. Au cours de son sommeil, elle fit un rêve prodigieux. Elle rêva qu'elle donnait le sein à un nourrisson qui, affamé, lui tirait vigoureusement sur le téton. Elle n'arrivait plus à respirer tant le bébé lui tiraillait le sein. Finalement elle réussit à décrocher l'enfant et à respirer. Aussitôt le rêve se métamorphosa : au lieu du nourrisson qui tétait, elle vit la face aveuglante d'un planteur : debout devant elle, il lui criait dessus. Elle se réveilla en sursaut

Elle se leva de bon matin et, comme à son habitude, nettoya la cour, avant de donner à boire et à manger aux bêtes. Elle fit tout ce qu'il y avait à faire. Puis elle rassembla les détritus, les versa dans un bidon qu'elle partit vider.

Comme elle passait devant la maison de Fouad, avec son bidon de saletés sur la tête, Fouad avait le nez à la fenêtre ; dès qu'il l'aperçut, il l'apostropha rudement :

– Kijakazi ! Eh toi ! Kijakazi ! Viens ici !

Automatiquement elle déposa le bidon d'ordures qu'elle portait et se précipita dans la chambre de Fouad. Elle se demandait ce qui l'y attendait : éloges ou réprimandes.

Elle le découvrit allongé sur son lit.

– Viens me retirer les bottes !, intima-t-il.

Elle s'assit sur le bord du lit et Fouad lui balança aussitôt une jambe sur les cuisses. Il avait tant festoyé qu'il en avait la peau du ventre tendue à craquer, ce qui l'empêchait pratiquement de se remuer. À son visage boursouflé, elle voyait à quel point il souffrait aussi de la chaleur.

– Dépêche-toi et arrête de me faire perdre mon temps, ordonna-t-il.

Pour la première fois de sa vie, Kijakazi osa examiner Fouad de près. Il avait les yeux enfouis dans la graisse du visage ; des gouttes de sueur brillaient au creux de ses joues. Tandis qu'elle lui retirait ses bottes, elle fut saisie d'une profonde pitié pour cet homme, son maître vénéré. N'était-il pas un captif désarmé ?

Il s'endormit sur-le-champ et elle lui ôta délicatement ses chaussures pour ne point le réveiller. Bientôt elle eut une autre idée : peut-être cherchait-on à la tromper... Elle s'interrogea : « Qui est-ce qui essaie de m'abuser ? Oui, qui donc ? Qui ça peut bien être ? » Question qu'elle se posait mainte et mainte fois.

C'était l'aurore. Fouad avait les yeux ouverts, sans pour autant se lever. L'air, frais de rosée, qui soufflait à cette heure matinale, l'incitait à la paresse et l'invitait à rester tranquillement au lit, sous son drap. Son cœur était sans joie ; et pourtant, tout ce qu'il souhaitait d'agréments dans la vie, n'avait-il pas les moyens de se les procurer ? De l'argent, il en avait, et même beaucoup ! Mais il menait une existence sans but. Contrecarré dans toutes ses entreprises, il était désormais en proie au doute et à la peur.

Il se rendait bien compte que la situation avait changé. Le respect dont on l'entourait s'évanouissait. Jusqu'à Oumari qui osait lui répondre « Je refuse ! », alors qu'il l'avait mandé. Manifestement, le monde lui tournait le dos. Les choses n'étaient plus ce qu'elles étaient.

Étendu sur son lit, il ressassait mille pensées. Il

songeait que tous ces changements n'étaient peut-être pas définitifs. Il se tournait et se retournait sur son lit ; il s'étirait de tout son long, quand tout d'un coup il entendit une voix crier :

– Il y a quelqu'un ?

– Entrez. Et il bondit de son lit. Il en trébucha.

Il se rajusta à la hâte et s'enveloppa d'un *shuka* qu'il noua à la taille. Sans même prendre le temps de se rafraîchir le visage, il sortit à la rencontre du visiteur. On n'avait pas encore répondu. Il parvint rapidement à la porte, en se décrottant les yeux de la chassie qui s'y était accumulée.

– Eh ! Qu'est-ce qui se passe ? Pourquoi de si bon matin ?, demanda-t-il.

– Nous sommes venus parce qu'on veut vous voir immédiatement, répondit l'un des jeunes hommes.

Ils étaient quatre, en chemise et pantalon, avec aux pieds de grandes sandales de caoutchouc, et de larges chapeaux de paille sur la tête. Ils portaient des piquets à bout pointu et des rouleaux de corde. Fouad ne les avait jamais vus : c'étaient des nouveaux – pas ceux qui venaient d'habitude. Il devina pourtant qu'ils faisaient partie du même groupe que ses trouble-fête habituels.

– Entrez donc ! Venez au salon ! Mais je vous prie d'attendre une petite minute : je vais me rafraîchir, dit-il à ses hôtes dont il ignorait le but de la visite.

– Je vous en prie ! Faites tranquillement ce que vous avez à faire. On va vous attendre dehors.

– Mais non ! Mais non ! Pourquoi rester à l'extérieur ? Entrez ! Passez donc ! Faites comme chez vous, dit Fouad.

Sans plus tergiverser pour savoir s'ils devaient entrer ou rester dehors, les quatre franchirent la porte et gagnèrent le salon où ils s'installèrent sur les magnifiques fauteuils. Fouad parti faire sa toilette, ils examinèrent la pièce. Impressionné comme ses trois camarades par le luxe de décorations embellisant ce salon, l'un des hommes murmura :

– Pour sûr qu'il n'est pas trop malheureux ici, ce type !

Les autres ne répondirent rien ; ils se regardèrent muets. Ils attendirent patiemment, sereins, malgré l'urgence de leur mission.

Fouad compléta sa toilette et entra dans sa chambre s'habiller. Puis il revint au salon pour écouter ses visiteurs et s'informer de leurs desseins.

– Eh bien, je vous écoute !, dit-il troublé.

– C'est le Département de la Réforme agraire qui nous envoie, dit l'un des visiteurs.

Fouad sentit son cœur battre plus fort ; sa respiration s'accélérait. Il vit que l'heure de vérité avait vraiment sonné.

– Le Département de la Réforme agraire ?, demanda-t-il, les yeux écarquillés.

– Oui, c'est ça.

– Je vois… Et qu'est-ce que je peux faire pour vous ? Vous avez des problèmes ?, demanda-t-il cramoisi, lèvres tremblantes.

– Nous voulons que vous nous montriez les limites de votre domaine, reprit l'autre.

– Parce que vous…, eut envie d'exploser Fouad. Mais il se radoucit à temps et contint sa fureur de ci-devant Seigneur.

– Les limites de mon domaine, hein ?

– C'est ça, répondit le jeune gars.

– Au nord il jouxte la plantation du Rouwéhi ; au sud il s'étend jusqu'à celle de…

Son interlocuteur brisa net son énumération.

– Ce ne sont pas des explications qu'on veut ; on veut que vous nous montriez vous-même sur le terrain.

– Mais dites-moi, ce ne sera pas une mince affaire ! C'est le travail d'une journée entière ; si ça se trouve, on n'aura même pas terminé.

– On sait.

Fouad se pencha en avant et réfléchit. Il ne savait que faire. Tout d'un coup il releva le nez pour déclarer :

– Attendez-moi une seconde, je reviens tout de suite.

Il passa aux toilettes, alors que nul besoin ne le pressait. Au bout de quelques instants, il en ressortit.

– Allons-y !

Alors débuta la tournée d'inspection du domaine, pour en suivre les limites. Longue expédition ! Ils marchèrent vers le nord et vers le sud ; ils marchèrent vers l'est et vers l'ouest, mesurant avec leurs cordes toutes les zones inspectées. À intervalles voulus, ils plantaient un de leurs piquets. Fouad était recru. Il avançait en titubant comme s'il avait trop bu. De sa vie il n'avait eu à couvrir une telle distance à pied ! Rien à se mettre sous la dent, hormis les fruits cueillis dans les différents arbres de la plantation.

Restée au palais, Kijakazi s'inquiétait outre mesure. Elle n'avait pas vu son maître de la journée, et elle ignorait où il était passé. Elle explora tous les coins, mais sans jamais réussir à voir son maître bien-aimé. Elle finit par se laisser choir dans la cabane d'Oumari qui sarclait.

– Oumari, fiston ! Tu n'as pas vu Fouad ?

Assis sur un tronc de cocotier devant sa cabane, Oumari leva sur la vieille femme un regard apitoyé, avec l'air de dire : Ma pauvre Kijakazi ! je te plains de tout mon cœur.

– Pourquoi ? Qu'est-ce que tu lui veux ?, demanda-t-il.

– Je ne l'ai pas vu de la journée ; il lui est arrivé malheur ?

Sa question, en guise de réponse, témoignait bien de son inquiétude.

– Moi non plus je ne l'ai pas vu ; je ne sais pas où il peut être, dit Oumari.

– Malheur ! Quel malheur ! Moi non plus je ne sais pas où il est. Il est toujours par monts et par vaux alors que sa jambe n'est pas encore guérie, dit Kijakazi.

Là-dessus, elle repartit à sa recherche.

Oumari ne faisait plus rien. Il avait déjà entendu dire autour de lui qu'on allait confisquer à Fouad sa plantation, sans qu'on ait fixé de date définitive. Il se contentait d'attendre.

Fouad et ses visiteurs continuèrent à arpenter la plantation jusqu'au soir. Juste avant le coucher du soleil, tout fut terminé. Ils prirent alors le chemin du retour. Le domaine était vaste, planté des arbres les plus variés.

Après une longue marche, ils parvinrent au palais où l'un des hommes demanda à Fouad un petit entretien.

Kijakazi était assise au pied de la demeure, prostrée. Mais à la vue de son maître qui rentrait, elle retrouva toutes ses forces. Son excitation ressemblait à celle d'un enfant qui revoit son père après une longue absence. Elle sourit, poussa un grand soupir.

– Si on allait au salon pour discuter ?, proposa Fouad.

– Comme vous voulez... Ici ou là-bas c'est pareil.

Ils passèrent donc au salon où ils s'installèrent à nouveau sur les fauteuils.

Ils étaient tous éreintés, mais Fouad plus que tout le monde ! Tout à coup il se mit à glapir :

– Kijakazi !

– Je suis là, se hâta-t-elle de répondre.

– Apporte-nous de l'eau à boire.

Quelques instants plus tard, Kijakazi entrait au salon avec un pichet d'eau et des verres. Elle déposa le tout sur la table au milieu du salon, avant de s'éclipser.

– Qui est-ce ?, demanda l'un des jeunes.

– C'est la vieille. Ça fait une éternité qu'elle est ici : depuis l'époque de feu mon père, répondit Fouad.

– Vraiment !, s'exclama l'autre.

Ceux qui voulaient boire se versèrent eux-mêmes de l'eau dans leur verre et burent : le maître de maison était affalé sur son siège, mort de fatigue, incapable de faire un pas.

– Eh bien ! je vous écoute..., commença-t-il.

– On sera bref. On veut simplement vous dire qu'on a fini de mesurer votre domaine : il appartient maintenant au gouvernement qui va le répartir en lots pour les paysans sans terre. Mais vous êtes un homme comme les autres ; vous aussi, vous aurez besoin de gagner votre vie. C'est pourquoi on va vous réserver un hectare et demi dans la section de votre choix, et cette parcelle vous appartiendra en propre.

Fouad avait sursauté ; son cœur battait la chamade ; il manqua s'évanouir. Il en resta bouche bée, muet, ahuri.

Il sentit les larmes lui monter aux yeux, mais il fit de son mieux pour les retenir. D'une voix plaintive il reprit la parole :

– Alors, comme ça, vous me dépossédez de mon bien ?

– Mais… Il n'est donc venu personne vous annoncer les décisions que le gouvernement révolutionnaire a prises concernant la terre ?, interrogea l'un des hommes.

– Si, si… Ils sont passés, mais…

Fouad se trouva tout bête. Il ne savait plus ni ce qu'il disait, ni ce qu'il faisait.

– Mais… quoi ?, demanda le jeune.

– Mais cette plantation est à moi ! C'est mon bien ! J'y ai droit. J'en ai hérité directement de mon père !

– Comme on vous a expliqué, on est de simples délégués et le messager a toujours droit à la vie sauve. Notre message, on vous l'a déjà communiqué. Si vous avez une réclamation à faire, vous pouvez vous adresser au siège de notre département en ville à Zanzibar.

– Je comprends, messieurs. Faites comme vous l'entendez. Je n'ai rien à ajouter, dit Fouad contraint et forcé, totalement effondré.

Les autres sortirent, le laissant au salon. Il resta

en tas, écroulé sur son siège, comme pétrifié, incapable d'agir. Il était hors de lui, mais à bout de forces.

Il faisait déjà nuit. Il alluma la lampe à pression et regagna aussitôt son fauteuil.

Inquiète du silence prolongé de Fouad, Kijakazi toujours assise au même endroit devant le palais y pénétra pour jeter un coup d'œil. Elle se glissa jusqu'au salon. Elle y aperçut Fouad endormi dans son fauteuil. Ces hommes étaient venus tourmenter son maître, se dit-elle, émue. Elle s'approcha de lui s'agenouilla et commença à lui retirer ses chaussures couvertes de poussière rouge.

Soudain il se réveilla en sursaut et d'une ruade repoussa Kijakazi.

– Qu'est-ce que tu fous ici ? Est-ce qu'on t'a appelée ? Depuis quand te permets-tu d'entrer comme ça sans qu'on t'appelle, vieille bique !, pesta Fouad.

Kijakazi tomba sur le sol, où sa tête porta. Elle recula en se traînant, appuyée au mur, recroquevillée et comme transie de froid.

– Je vous demande pardon ! Seigneur ! Pardon, Seigneur ! C'est vrai, j'ai mal agi ; mais j'ai vu que vous étiez fatigué et j'ai pensé que si je vous ôtais vos chaussures vous pourriez vous reposer plus à l'aise, s'excusa Kijakazi dont la voix tremblait d'épouvante.

– Allez ! sors d'ici avant que je te rompe les os !

Dépêche-toi et disparais de ma vue, oiseau de malheur !, tonna Fouad qui avait trouvé en Kijakazi quelqu'un de plus faible que lui sur qui vider sa colère.

Elle se remit sur pied tant bien que mal et se hâta de quitter le palais pour réintégrer sa cahute derrière l'étable ; et là, elle s'effondra.

– Ah ! le sacré môme ! Je fais donc tout de travers ?, se demanda-t-elle. Mais ça ne fait rien…

Au palais Fouad tempêtait, vociférait comme un fou.

– Un hectare et demi ! Un hectare et demi ! Comme si ça pouvait me suffire en quoi que ce soit. Un hectare et demi ! J'en ai que foutre ! Ils peuvent se le garder, ces sales tyrans ! Nom de Dieu, je jure de leur jeter un sort ! Qu'ils s'avisent de faire main basse sur ma plantation – oui, qu'ils se l'accaparent, et ils tomberont comme des mouches, un à un jusqu'au dernier ! Ils ignorent que mon père avait mis son domaine sous protection magique ? Qu'ils viennent et c'en sera fini d'eux ! Fouad continua ses criailleries en sortant du salon pour aller à sa chambre.

Il était tellement éreinté qu'il n'eut même pas la force d'ôter ses habits. Il ne retira que ses chaussures – celles qu'il n'avait pas laissé Kijakazi ôter ; puis il se jeta sur son lit et s'endormit immédiatement.

Le réveil fut plutôt agité. Il aurait voulu disparaître sous terre ; c'en était fini de son domaine, la belle plantation dont il avait hérité de son père, feu le Seigneur Malik. Si seulement il le pouvait, il y mettrait le feu d'un bout à l'autre ! Mais il était incapable d'un tel acte. Malgré toutes ses rodomontades quand il était seul, il avait une peur bleue du régime révolutionnaire. Il n'avait aucun moyen de s'opposer au moindre décret gouvernemental, malgré son aversion pour les mesures adoptées et son hostilité totale. Il n'était très fort que pour incendier le gouvernement quand il était seul ou en compagnie des anciens planteurs, ses pairs, qui venaient lui rendre visite de temps à autre.

Les semaines passaient et même Kijakazi, malgré son isolement, se rendait compte des changements survenus sur place. Elle voyait des tas de gens débarquer sur la plantation, des gens qu'autrefois on n'y voyait jamais. Ils venaient s'occuper des champs ou cueillir les noix de coco sans que personne ne leur dise rien.

Oumari, lui aussi, avait obtenu un hectare et demi du domaine où il avait servi toute sa vie ; il était désormais seul maître du temps qu'il consacrait aux cultures. Fouad avait perdu toute autorité sur les gens du domaine. Il laissait tout à vau-l'eau. L'étable et le poulailler s'écroulaient : il se contentait de regarder, sans prendre la peine de les réparer.

Il ne posait aucune question à ceux qui

venaient sur la plantation. Il était constamment à Zanzibar.

Kijakazi n'en pouvait plus de ne rien comprendre à ce qui se passait : elle se rendit compte qu'elle aurait intérêt à se renseigner. Il n'y avait personne qui, interrogé, aurait la patience de lui expliquer en dehors d'Oumari. C'est pourquoi un soir, à l'heure où l'on rentrait des champs, elle s'aventura jusqu'à la cahute d'Oumari.

Elle le trouva assis devant sa masure en train de tresser des paniers de palmes. Dès qu'il l'aperçut, il l'accueillit spontanément :

– Viens ! Approche !

– Ça y est, répondit-elle.

Elle n'avait guère le cœur à babiller. Elle n'était pas venue pour ça. Après s'être installée sur une natte placée devant la cabane d'Oumari, elle lâcha son tourbillon de questions.

– Dis-moi, mon fils, qu'est-ce que c'est que tout ce remue-ménage auquel j'assiste ces temps-ci ?

– Quel remue-ménage ?, lui demanda Oumari, sourire en coin, car il avait déjà compris le sens de ces questions.

– C'est un monde quand même, non ? Je vois des types de tout acabit : ils vont, ils viennent, et personne ne leur demande rien. Est-ce que le maître, il a vendu sa propriété ?, interrogea Kijakazi désireuse d'en savoir davantage.

– Parce que le jour où tu es venue m'appeler

dans les champs là-bas, quand je t'ai dit que Fouad n'avait plus de domaine, qu'est-ce que tu as compris ?

– Alors, il l'avait déjà vendu à cette époque-là ?, demanda-t-elle ébahie. Il a vendu un beau domaine pareil, notre petit gars ?

Oumari, qui s'occupait de tresser son panier, glissant un bout de palme par-dessus, un autre par-dessous, s'arrêta brusquement et leva les yeux sur la vieille femme.

– Il n'a rien vendu, dit-il.

– Il n'a rien vendu ? Tu veux dire qu'il l'a distribué gratis autour de lui ?

– Tu parles qu'il l'a distribué ! Bien sûr que non ! C'est le gouvernement qui le lui a confisqué, expliqua Oumari à Kijakazi. L'État a mis la main dessus et l'a partagé en lots pour les paysans sans terre. Moi aussi j'ai reçu ma portion d'un hectare et demi.

– C'est le gouvernement qui l'a pris ?, demanda-t-elle abasourdie. Comment est-ce possible ? Comment est-ce possible qu'on prenne son bien au propriétaire ? D'abord, ce gouvernement, qui c'est ?

– Mais où est-ce que tu étais donc, Kijakazi, tous ces temps-ci ?, s'étonna Oumari, tout en s'appliquant à tresser son panier de palmes qui touchait à sa fin.

– Comme si je n'avais pas été tout le temps ici,

où tu me vois tous les jours ! Qu'est-ce qui te prend à me demander où j'étais tout ce temps ?, protesta Kijakazi.

– Ce n'est pas ça, dit Oumari en insérant une fibre de cocotier pour ficeler le panier par en dessous. Si je t'ai demandé où tu étais, c'est parce que je constate que tu n'es pas au courant que le régime du sultan a été renversé. Il y a actuellement un gouvernement révolutionnaire, et il a nationalisé toutes les terres des propriétaires fonciers, et les a partagées entre nous tous, paysans sans terre.

– Par exemple ! En voilà une histoire ! Tu m'en apprends !, s'exclama Kijakazi.

– T'avais la tête sous l'oreiller ou quoi ?, plaisanta Oumari.

– Et alors, le maître ?

– Fouad ? Il faudra bien qu'il empoigne la houe par le manche lui aussi et qu'il fasse le paysan comme moi !

– Mon Dieu ! Le pauvre petit ! Il n'est pas fait pour manier la houe, lui ! Tu vois quelqu'un comme lui manier la houe ?, s'écria Kijakazi prise de pitié.

– Il faudra bien qu'il s'exécute. Pourquoi nous on pourrait, et lui il ne pourrait pas ? Kijakazi, ma mère, écoute : ne te laisse plus marcher sur les pieds ni traiter comme une bête par ce Fouad, parce que désormais il n'en a plus le droit.

– Ah ca ! Pour me marcher sur les pieds, il s'y

connaît. Mais qu'est-ce que je vais devenir moi ? Je n'ai nulle part ailleurs où aller.

– Parce que tu renonces à ta portion d'un hectare et demi ? Si tu en veux, tu en auras une sans problème, comme les autres.

– Qui ça ? Moi ? Je ne veux pas récupérer du bien mal acquis. Tiens ! arrête de me débiter tes sornettes. Je ne veux plus discuter avec toi. Allez ! au revoir ! Je m'en vais.

Et elle se mit tout de suite en route.

Pour elle, ce fut une nuit blanche, une nuit de méditation. Elle s'assit par terre en silence, pensive. C'était la conversation qu'elle avait eue avec Mkongwé, le jour où la fille avait quitté, qui la tracassait. Pour la première fois de sa vie, elle se rendit compte du gâchis de son existence depuis l'époque du Seigneur Malik et de Mme Maïmouna. Elle songea à la façon dont elle s'était occupée de Fouad depuis sa prime enfance jusqu'au jour où il l'avait envoyée valser comme un ballon ; il était constamment à l'insulter et à la persécuter, à l'avilir et à la brocarder : tout ce qu'elle faisait, c'était de travers.

Elle éleva les mains à la hauteur de ses yeux : elle les voyait écorchées, abîmées, meurtries. C'était la première fois qu'elle examinait ses mains ; elle n'en avait jamais eu ni le temps ni l'idée.

Dans sa tête, petit à petit, les choses se débloquaient.

– Pour sûr que je suis une pauvre diablesse,

qu'on piétine ; je n'ai personne ; le respect dû à la vieillesse, il ne me l'accorde même pas ! Il a l'audace de m'envoyer promener à coups de pieds, comme si je n'étais pas celle qui l'a élevé depuis sa plus tendre enfance !, se dit-elle ébranlée.

Progressivement la confiance illimitée qu'elle avait en son maître s'étiolait. Elle commençait à discerner que son dévouement aveugle envers Fouad ne lui avait jamais été d'aucun profit. Elle s'aperçut que plus elle se montrait dévouée envers lui, plus il se montrait intraitable avec elle. Par conséquent elle se dit que l'heure était venue de lui dire ses quatre vérités.

Jamais, de toute sa vie, Kijakazi n'avait pris le temps de réfléchir aussi longuement. Après des heures de méditation, elle finit par s'endormir d'un sommeil de plomb.

On était samedi. Fouad partit en ville dès le matin pour y faire la noce. Ça faisait des semaines qu'il délaissait complètement les affaires de la plantation. Et à son tour Kijakazi résolut de rester les bras croisés, à se reposer. Elle en avait assez de servir d'esclave.

Elle se rendit au puits ; elle s'y lava, pour la première fois depuis longtemps. Elle avait eu tellement d'ouvrage cette dernière quinzaine, qu'elle n'avait même pas pris le temps de se laver. Après sa toilette, elle revint à sa pièce et remit les mêmes vêtements. Elle y ajouta seulement un vieux châle qu'elle se jeta sur la tête. Elle circula entre les huttes du hameau et finit par s'installer sur un tronc de cocotier. Elle y reprit son souffle, à l'ombre d'un manguier. Elle recommença à se poser mille questions.

– Alors je me suis tuée à la tâche pour rien ?

Au même moment elle se rappela les paroles de Mkongwé le jour des adieux.

– Ah ! la pauvre mignonne ! J'ai eu tort de l'envoyer dinguer ce jour-là. Je ne sais pas ce qu'elle peut penser de moi à l'heure qu'il est. Je ne sais pas comment j'aurai le courage de la regarder en face le jour où je la reverrai !

Elle n'avait pas encore trouvé les réponses à ses propres questions que, tout d'un coup, elle aperçut Mkongwé, au loin, qui marchait dans sa direction. Kijakazi eut envie de la fuir, mais elle changea aussitôt d'avis et songea qu'elle n'avait aucune raison de fuir sa compagne de travail qui avait souffert pendant si longtemps à ses côtés, de la même exploitation forcenée.

Mkongwé salua Kijakazi et vint au devant de la vieille femme comme à son habitude.

– Alors, Kijakazi, vous êtes encore fâchée avec moi ?

– Ah ! ma pauvre amie, pourquoi veux-tu que je sois fâchée avec toi ? Je vois bien que j'ai vraiment eu tort de te parler comme je l'ai fait au lieu de te dire gentiment au revoir, dit Kijakazi.

Mkongwé examinait attentivement Kijakazi. Elle vit combien la vieille servante était usée par ses corvées serviles sur la ferme de Fouad. Elle avait envie de pleurer de pitié pour cette aïeule dont la vie entière se résumait à des brimades, à des insultes, à des avanies. Elle résolut d'avoir une deuxième conversation avec Kijakazi pour lui ôter ses sottises du crâne. Il fallait qu'elle le sût, les temps avaient changé. Il fallait qu'elle prît sur elle de rejoindre la coopérative. Mais Mkongwé changea bientôt d'avis ; la seule méthode efficace, estima-t-elle, c'était d'emmener Kijakazi à la coopérative pour qu'elle pût juger de ses propres yeux. Peut-être serait-elle rassurée après s'être rendu compte elle-même de ce qui s'y passait. En même temps la jeune femme n'arrivait pas à savoir ce que Kijakazi pensait vraiment de son existence chez Fouad. Si seulement elle l'avait su, elle n'aurait pas perdu une seconde avant d'essayer de convaincre la vieille femme de déménager pour venir rejoindre la ferme coopérative.

Une fois gagnée à l'idée d'emmener Kijakazi voir leur ferme, Mkongwé déclara :

– Ce n'est pas la peine de revenir sur ce qui est passé ; il n'y a plus qu'à se dire pardon. Mais qu'est-ce que vous avez à rester recroquevillée toute seule sous votre manguier, l'air effondré ? Vous n'allez donc pas au travail aujourd'hui ?

– Ah ! si tu savais comme ça me ressort par les

yeux, ce travail qui n'a jamais de cesse ni de profit pour moi ! J'ai fait le maximum pour rendre service à ce petit-là, et lui obéir. Mais j'ai beau faire de mon mieux, ce n'est jamais comme il faut, et pour toute récompense, je me fais envoyer balader à coups de pied et injurier. Il n'a même pas le respect dû à la vieillesse, et ces derniers temps, c'est devenu encore pire.

Mkongwé n'en revenait pas d'entendre Kijakazi tenir ce langage. Elle ne l'avait jamais entendue s'exprimer pareillement et elle n'avait jamais imaginé que Kijakazi pût en arriver à cette conclusion. Malgré tout, elle n'avait guère envie d'entendre la vieille servante lui raconter tous les malheurs qu'elle subissait au service de Fouad, parce qu'elle les connaissait par cœur ; elle n'avait pas besoin qu'on les lui racontât. Elle estima préférable d'emmener Kijakazi à la coopérative pour lui permettre de juger sur pièce.

– Écoutez, mon amie. Vous ne croyez pas qu'on ferait mieux de faire un petit tour pour que vous puissiez au moins vous dégourdir un peu les jambes ?

– Où veux-tu qu'on aille traîner par une chaleur pareille ? Je n'ai pas la force de me soulever : et toi, tu veux que je trotte ? Si je tombe en chemin, c'est toi qui pourras me porter peut-être ? taquina Kijakazi, souriante, contrairement à la Kijakazi à laquelle Mkongwé était habituée.

La vieille femme n'avait guère l'habitude de rire ni même de sourire : qu'y avait-il dans l'existence qu'elle menait chez Fouad qui pût l'y inciter ?

– Si vous tombez, je vous porterai. Parce que vous vous croyez très lourde ?

Kijakazi leva les yeux sur Mkongwé et lui redemanda :

– Où veux-tu qu'on aille se promener, Mkongwé, ma fille : pourquoi ne me laisses-tu pas tranquille ?

– Venez ! vous verrez bien où on va, et je suis sûre que ça vous plaira, dit Mkongwé. Venez, que je vous montre où je vis et où je travaille à présent.

– J'aimerais voir où tu travailles, mais l'autre oiseau de malheur, il est parti en ville et je ne sais pas à quelle heure il va rentrer. S'il revient et qu'il me trouve absente, je crois bien qu'il est capable de me tuer. Ah ! tant pis… Allons-y ! Mais, c'est loin ?

– Non, non ! Ce n'est pas loin du tout. On a juste un petit bout de chemin à faire.

– Alors, en route !, décida Kijakazi.

Mkongwé se releva de sous le manguier où elle tenait compagnie à la vieille femme ; et celle-ci commença à se relever à son tour avec l'aide de la jeune femme, qui lui tendit la main.

Elles marchèrent côte à côte en empruntant des sentiers perdus dans les terres, qui étaient autant de raccourcis. Mais ça montait, ça descendait, et

Kijakazi commençait à trouver le chemin long. Toutefois elle fit preuve de la même vaillance qu'une personne encore alerte et continua à avancer ; elles parvinrent bientôt à un endroit où s'élevait un bâtiment en briques. On voyait aussi à une certaine distance quantité de petits pavillons éparpillés aux alentours.

– On est arrivé, dit Mkongwé à Kijakazi.

Près du hangar, Kijakazi sentit une odeur qui lui était familière depuis de longues années : une odeur de bouse de vache. Elles pénétrèrent dans le hangar, Mkongwé ouvrant la voie.

– Avancez ! De quoi avez-vous peur ? Vous vous croyez encore sur la ferme de Fouad ?

Sans rien répondre, Kijakazi entra à son tour. Elle vit une rangée de vaches. Le spectacle de tous ces bestiaux dodus l'étonna vivement.

À l'intérieur de l'étable, on ne voyait que des femmes, occupées à donner le foin aux bêtes, à nettoyer les différentes sections du hangar. Elles rentraient, sortaient, s'activaient sans bavardages. Kijakazi n'en revenait pas de voir une étable aussi attrayante, en fait plus belle et plus propre que celle de chez Fouad. Elle ne put résister à l'envie d'en savoir davantage : aussi posa-t-elle une première question :

– Dis, Mkongwé ! Ils sont à qui tous ces bestiaux ?

– Ce sont les nôtres, ceux de la coopérative.

Elles continuèrent leur visite. Tombée en arrêt devant un énorme bovin, Kijakazi revint à la charge :

– Et celui-ci, à qui il est ?

– Ils sont tous à nous.

La tournée continuait et à chaque fois que l'une des vaches attirait l'attention de Kijakazi, elle demandait à qui elle appartenait ; à quoi Mkongwé répondait invariablement :

– C'est à nous tous, à la coopérative.

– Eh ! mon amie ! dis-moi un peu comment elles s'appellent, les bêtes ici ?

– Vous n'avez qu'à regarder sur la planchette que vous voyez devant chaque animal : leur nom est écrit là-dessus, répliqua Mkongwé.

– Dis donc, ma fille, tu te moques de moi ? Depuis quand tu m'as vue lire, moi ? Tout ce que je vois, ce sont des gribouillis, mais je n'y comprends rien. Alors, comme ça, ce qui est écrit sur ces panneaux, ça donne le nom des bêtes ?, demanda Kijakazi.

Mkongwé lui réexpliqua patiemment :

– Sur chacune des tablettes que vous voyez placées devant l'animal, on a indiqué son nom, son âge, la quantité de foin qu'il reçoit chaque jour et la quantité de lait qu'il produit.

Kijakazi secoua la tête devant tant de nouveautés. Après avoir terminé la visite du premier bâtiment, elles en ressortirent pour entrer dans le deuxième. Kijakazi y vit comment les femmes trayaient les vaches ; rien que des femmes, comme dans la première étable.

Tout d'un coup elle aperçut une jeune fille munie d'une brouette. Elle la poussait et y déposait les déjections des vaches. Kijakazi n'avait jamais vu chose pareille.

– Comme ça, on se sert de machines ici pour ramasser la bouse de vache ?

Mkongwé ne répondit rien à Kijakazi, parfaitement consciente que bien des choses surprendraient la vieille femme sur cette ferme ; et si elle devait répondre à toutes ses questions, elle ne s'en sortirait pas !

Comme dans la première étable, dans celle-ci se trouvaient un nombre élevé de bestiaux. Kijakazi avait déjà oublié tout ce que lui avait expliqué Mkongwé ; sans réfléchir, elle demanda derechef :

– Et ces bêtes-là, à qui c'est ?

– Je vous ai déjà expliqué plus de dix fois, Kijakazi : toutes ces vaches appartiennent à la coopérative, c'est-à-dire à toute personne qui travaille sur la ferme.

– Mkongwé, ma fille, ce que tu me racontes-là, ça ne peut pas se faire. Tu es certainement en train de me faire marcher. À chaque fois que je te demande, tu me sors : « C'est à la coopérative ! C'est à la coopérative ! » Je n'arrive pas à comprendre, moi ; c'est sûrement des fariboles que tu as inventées toute seule, Mkongwé.

Elle ne pouvait ajouter foi aux explications de Mkongwé ; celle-ci n'en était du reste aucunement surprise : comprenant ce qui se passait dans la tête de son amie, elle estimait en même temps de son devoir de tout lui expliquer, de lui faire tout comprendre. Elle lui décrivit le fonctionnement de la coopérative, ses projets et la façon dont les gens de la ferme formaient une communauté.

Après avoir traversé les différentes étables, Kijakazi donna des signes de lassitude et Mkongwé l'invita à venir se reposer dans sa chambre.

Elles prirent la direction des pimpantes maisonnettes et entrèrent dans l'une d'elles. Elles se retrouvèrent dans une pièce impeccable et agréablement arrangée. Aux fenêtres, de beaux rideaux : des filets blancs. Sur le rebord de la fenêtre, un vase plein de fleurs. Une nappe en dentelle recouvrait la table située au milieu de la pièce. Sur un lit en fer, un drap blanc propre. De chaque côté de la pièce, deux chaises, les unes en face des autres. Au mur, un miroir.

– Qui c'est qui loge ici ? Qui c'est qui dort sur ce lit ? demanda Kijakazi.

Mkongwé fit mine de n'avoir rien entendu, mais Kijakazi revint à la charge :

– Alors, tu es devenue sourde ? Je t'ai demandé qui c'est qui loge ici ?

– C'est moi, répondit Mkongwé.

À peine entrée, elle s'approcha d'une petite étagère disposée sous la fenêtre ; elle ouvrit le transistor posé là. Sitôt le bouton tourné, une musique douce se répandit entre les quatre murs.

– Hmmmm ! Comme celle du Seigneur Fouad ! Et tu sais la faire marcher pareil ?, interrogea Kijakazi dont les questions n'en finissaient pas.

Elle s'assit sur l'une des chaises de la pièce à écouter la musique et Mkongwé s'assit sur le lit. Kijakazi était morte de fatigue et dit soudain à Mkongwé :

– Mon amie, j'ai le gosier sec comme une trique. Est-ce que tu peux me donner un peu d'eau à boire ?

Mkongwé se saisit du verre placé sur la table, sortit et revint avec le verre plein d'eau. Kijakazi but d'un trait.

– Merci !, dit-elle ensuite.

Elles bavardèrent quelques instants ; soudain la pendule suspendue au mur de la chambre se mit à sonner. Kijakazi compta les coups : « Trois, quatre, cinq ! Mon Dieu ! Il est cinq heures et je suis encore là à bavarder ? Qu'est-ce que va me passer le maître, ce soir ! J'aime mieux ne pas y penser ! Je ne sais même pas s'il est rentré de Zanzibar. Jamais, de toute ma vie, je n'avais encore fait une chose pareille, et tout ça à cause de toi, Mkongwé », dit-elle, prise de panique à l'idée de ce qui pourrait lui arriver quand elle serait de retour chez Fouad.

Elle se rua dehors sans même saluer Mkongwé, son hôtesse. Elle ne fit aucune halte en chemin avant d'avoir atteint la plantation. Elle courut comme une folle. Sitôt arrivée, elle se précipita à l'étable : ce jour-là, elle avait complètement oublié de donner leur fourrage aux vaches ! Heureusement qu'il restait un peu de foin qu'elle avait coupé la veille ! Et elle se hâta de le donner aux bêtes qui n'avaient rien eu à se mettre sous la dent de toute la journée. Elle leur donnait le foin ; elle leur demandait pardon de les avoir laissées le ventre vide ; elle les cajolait comme des bambins.

En même temps qu'elle leur donnait à manger, elle s'exprimait spontanément tout haut. Tandis que les vaches mâchaient le foin, elle attrapa son tabouret dans un coin et se mit à susurrer à ses bêtes l'histoire de ce paradis bovin qu'elle avait vu sur la ferme des amis de Mkongwé où elle avait fait une escapade ce jour-là. Elle leur parlait comme à des êtres humains : « Si vous saviez la belle vie qu'ont vos collègues là-bas ! On les bichonne, on les surveille comme des bébés ; ils sont gros et gras et nourris comme des rois ; dans une étable impeccable, claire, agréable. »

Quand elle vit que ses vaches avaient mangé à satiété, elle quitta l'étable et, sans se soucier de savoir si Fouad était déjà rentré ou non, elle gagna sa pièce derrière l'étable, pour n'en sortir que le lendemain.

À partir du jour où elle avait visité la ferme de la coopérative, Kijakazi restait souvent seule à réfléchir à tout ce qu'elle avait vu là-bas. En même temps elle notait l'abandon dans lequel le domaine de Fouad sombrait ces temps-ci ; c'était clair : Fouad ne s'occupait plus de son domaine comme autrefois. Il ressemblait à quelqu'un qui n'a plus goût à rien. Étables et poulaillers, de plus en plus délabrés, demeuraient en l'état : un tel spectacle affligeait profondément Kijakazi, toujours soucieuse d'accomplir correctement son travail, même si chaque jour écornait davantage sa confiance. Elle comprit bientôt, malgré tout, que son dévouement laissait Fouad totalement froid.

Son opinion s'en modifia : elle se rendit de mieux en mieux compte à quel point, au service de Fouad, elle avait gâché sa vie. De ses efforts incessants et de son dévouement exemplaire, n'avait-elle pas glané qu'insultes et misères ? Elle avait fini par admettre qu'elle avait fait erreur toute sa vie : en fait, Fouad n'avait pas la moindre considération ni pour sa fidélité ni pour sa respectueuse humilité.

La journée s'achevait. Kijakazi s'affairait à son occupation habituelle : servir leur foin aux vaches. Tout d'un coup, elle eut la vision de cette ferme visitée où habitaient Mkongwé et ses amis. Elle s'arrêta de travailler et tira dans un coin son tabouret ; elle s'y assit. La tête prise entre les mains, elle semblait frappée d'un immense malheur.

« Alors, comme ça, ces gens-là, que je ne connaissais point, mais que je détestais sans raison, ils ont été capables de monter quelque chose qui tienne debout ? Ils ont été capables de réaliser ces merveilles que j'ai vues ? Ils ont pu construire ces magnifiques étables si bien adaptées aux bêtes qu'on y garde comme aux humains qui y travaillent ? »

Au fur et à mesure des réponses qu'elle trouvait elle-même à toutes ses questions, les choses devenaient plus claires.

– Pardi ! C'est pour ça que j'entendais ces temps-ci le Seigneur Fouad dénigrer le projet de ces fermes coopératives que Mkongwé m'a expliqué ! Mais il faut être honnête : quelqu'un comme Fouad a le droit de s'élever contre un plan de cette nature. Il est inévitable que les riches s'y opposent. Parce que je ne vois pas comment un riche comme le Seigneur Fouad pourrait partager avec des gens comme les amis de Mkongwé, c'est-à-dire des gens qui dans le temps étaient traités comme des esclaves. Et je ne vois pas comment ils pourraient travailler ensemble !

Et sans aucun doute, s'ils ont été capables de mettre sur pied tant de choses, ces gens-là doivent être plus puissants que le Seigneur Fouad. Quant à savoir d'où ils tirent leur puissance, mystère !, à moins que ce ne soit ce gouvernement révolutionnaire dont m'a parlé Oumari…

Plongée dans ces pensées, elle était en train de se poser toutes ces questions et d'y répondre, quand elle fut tirée brutalement de ses réflexions par la voix de Fouad qui grondait : « Kijakazi ! Eh ! Kijakazi ! Holà ! Kijakazi ! Où es-tu ? Viens ! Dépêche-toi ! »

Elle en oublia toutes ses méditations et s'élança du tabouret où elle était assise pour se jeter au milieu des bestiaux qui mangeaient leur foin et partir en courant où on l'appelait.

Elle courut jusqu'au palais de Fouad, s'essuyant les mains au *kanzu* qu'elle portait et se vit bientôt devant la porte de la chambre à Fouad.

À l'intérieur la fumée de tabac noyait tout ; le sol était jonché de bouts de mégots jetés n'importe où par terre. Avant même de pénétrer dans la pièce, on était assailli par une violente odeur d'alcool. La table était couverte de bouteilles : on trouvait des verres éparpillés aux quatre coins de la pièce. Il semblait que Fouad avait eu de la compagnie et que l'on avait bu copieusement. Mais la servante n'avait pas vu ces visiteurs ; elle n'avait pas ouï dire non plus que le maître recevait ce jour-là...

– Chienne ! Ça fait plus d'une heure que je t'appelle ! Où étais-tu fourrée ?, tempêta Fouad ; il était ivre mort.

Kijakazi riposta du tac au tac :

– Je vous prie de ne pas me traiter de chienne. Je ne suis pas une chienne. Je suis un être humain comme vous. D'abord je n'ai pas perdu une seconde ; dès que vous m'avez appelée, je suis venue ; je suis même accourue. Là où j'étais, j'avais une tâche en cours, et vous savez parfaitement que je n'ai que deux mains, avec lesquelles je suis censée tout faire dans cette maison.

– Garde tes beaux discours ! Viens m'enlever mes chaussures, ordonna Fouad vautré dans un fauteuil, cigarette aux lèvres.

Kijakazi, malgré son irritation, se contrôla et s'empressa de s'agenouiller aux pieds de Fouad dont elle commença à délacer les chaussures.

Comme elle les lui ôtait, il recommença à la houspiller ; et il jeta contre elle le pied dont elle dénouait le lacet. Elle eut juste le temps de se lancer sur le côté, esquivant ainsi le coup.

– Bouge un peu ! Si tu crois que j'ai du temps à perdre comme ça à cause de toi !, martela-t-il d'une voix d'ivrogne.

Le visage de Kijakazi changea complètement d'expression : cette fois-ci elle explosa :

– Si vous trouvez que je vous fais perdre votre temps, vous n'avez qu'à vous déchausser vous-même, protesta-t-elle.

Fouad n'en crut pas ses oreilles. Sa face s'enfla comme sous l'impact d'un magistral coup de poing.

– Qu'est-ce que tu chantes ? Tu refuses maintenant d'obéir ?, tonna-t-il.

Réfugiée debout dans un coin de la chambre,

Kijakazi garda le silence plusieurs secondes ; elle regardait Fouad droit dans les yeux ; puis elle l'avertit : « Écoutez, Fouad : je suis prête à faire tout ce que vous voudrez ; je suis prête à vous rendre tous les services possibles et imaginables dans cette maison, mais je refuse désormais de me mettre à genoux pour vous ôter vos chaussures. J'en ai par-dessus la tête, oui !, vraiment par-dessus la tête, de cet esclavage qui n'a ni gages ni récompense. Vous êtes un homme sans scrupules, sans conscience, sans honneur, et je me demande pour qui vous vous prenez.

Elle était si furieuse que pour la première fois de sa vie elle ne donna à Fouad ni du « Monsieur » ni du « Seigneur ».

Il se leva du siège où il était affalé, essayant de résister aux vertiges de l'ivresse.

– Quoi ? Voici que tu fais l'arrogante, Kijakazi ! Et tu oses à présent passer outre à mes commandements et me tenir un discours pareil ! Jamais tu ne m'as encore manqué de respect comme ca ! Vieille vache, tu as l'audace de te rebeller contre moi maintenant, hurla-t-il, en proie à une colère exacerbée par l'ivresse.

– Oui ! devant chacune des bêtes présentes dans l'étable, je suis prête à m'agenouiller, mais ne vous faites aucune illusion : à vos pieds, plus jamais je ne m'agenouillerai !, s'emporta Kijakazi dont les lèvres tremblaient de colère.

Fouad fonça droit sur elle en lui montrant la porte du doigt : « Sors ! Va-t-en d'ici ! Disparais de ma vue ! Prends tout ton barda et déguerpis ! Je ne veux plus de toi chez moi. Trouve-toi ailleurs où aller ! », s'écria-t-il.

Ce jour-là Kijakazi était fermement résolue et les criailleries de Fouad ne l'impressionnèrent nullement. D'apparence calme et déterminée, et de sang-froid malgré la rage qui bouillait en elle, elle comprit qu'elle détenait une occasion unique de déballer tout ce qu'elle avait eu sur le cœur pendant tant d'années passées au service de Fouad. Mais elle changea brusquement d'avis et sut résister à cette tentation. Elle s'efforça de se maîtriser et dit, sans élever la voix davantage qu'une mère mettant en garde son gamin : « Écoutez, Fouad : je sais que vous êtes quelqu'un de bien, mais il n'y a rien à faire, je ne me mettrai pas à genoux à vos pieds pour vous ôter vos chaussures. »

Fouad revint s'effondrer sur son siège et essaya de défaire le nœud de ses lacets : en vain ! Soudain, il releva le nez et regarda Kijakazi qui lui faisait non de la tête.

– Infâme créature ! Sale garce ! Sors d'ici et va où ça te chante ; mais je te garantis que tu le regretteras. Ça fait plus de cinquante ans que tu es ici sur ce domaine parmi nous tous. Qu'il pleuve, qu'il vente, nous avons toujours été ensemble. Ensemble pour le meilleur comme pour le pire. Oui ! on a toujours été ensemble. Et aujourd'hui tu me…

Elle l'interrompit en pleine tirade : « En ce qui me concerne, c'était toujours pour le pire ! Le meilleur, il n y a que vous qui y ayez goûté ! »

Il vit que l'heure de vérité avait sonné. La femme n'était pas d'humeur à s'en laisser compter. Vaincu par le trouble de l'ivresse, il baissa le ton d'un cran. Il savait qu'en tout état de cause il avait encore besoin de la vieille.

– Écoute, Kijakazi : c'est toi qui m'as élevé, non ? C'est toi qui m'as porté sur ton dos ; qui m'as raconté des histoires, qui m'as apaisé avec tes belles chansons. As-tu donc tout oublié aujourd'hui ?

– Je n'ai rien oublié et je ne l'oublierai jamais tant que je vivrai. C'est vous qui avez oublié ! Vous essayez de m'amadouer, mais je saisis parfaitement votre jeu. Fouad, c'est moi qui me suis occupée de vous dès votre plus jeune âge, quand vous n'étiez pas encore capable de mettre un pied devant l'autre ! Mais dès que vous avez su vous servir de vos jambes, vous m'avez maltraitée comme une bête, dit Kijakazi debout dans son coin de la chambre, mains jointes.

Fouad comprenait fort bien qu'une fois Kijakazi partie du domaine, il se retrouverait tout seul, sans domestique, incapable de faire quoi que ce soit pour lui-même. Aussitôt il estima nécessaire d'abonder dans le sens de la servante, en sa présence ; il discuta longuement avec elle, lâchement, de peur de la voir partir et de rester seul sans plus personne à ses ordres.

– Allez ! Ce qui est passé est passé, commença-t-il à dire posément. Il m'est arrivé de te réprimander, mais c'est mon tempérament, et je pense que tu peux me comprendre après toutes ces années que tu as vécues à mes côtés. Kijakazi, tu es comme ma mère, et c'est pour ça, quand je me suis cassé la jambe, que je t'ai choisie, toi et personne d'autre, pour venir me soigner. Et si je l'ai fait, c'est parce que tu es celle en qui, de toutes les personnes qui ont travaillé ici, j'ai le plus confiance. Ça me fait de la peine de voir aujourd'hui que tu veux me trahir et abandonner le domaine qui t'a vue grandir. Kijakazi ! reste ici ! car tu sais que ton cordon ombilical y est enterré et je suis persuadé que tu continueras à avoir en moi la même confiance que pendant toutes ces années où tu as vécu à mes côtés. Ne finis pas comme ces filles éhontées du genre Mkongwé ou Mariam…

Il fit de son mieux pour dorer la pilule à Kijakazi ; à ces beaux discours, elle riposta :

– Je ne m'enfuis pas et je n'ai nullement besoin de quitter le domaine, sauf si vous m'en chassez. Je n'ai pas l'intention de quitter. C'est ici que je finirai mes jours. Je suis déjà vieille et je ne vois vraiment pas qui accepterait de se charger d'un fardeau comme moi.

Pendant cette conversation, elle avait vu

s'envoler la peur que lui inspirait d'habitude un entretien avec Fouad, elle discutait avec lui l'esprit libre, affranchie de tout complexe à son égard ; convaincue que Fouad n'aurait plus la possibilité de lui nuire, elle vit le moment venu de parler ou d'agir à sa guise. Elle réfléchit à nouveau au parti à prendre et les mots coulèrent bientôt de source :

– Fouad, voici une éternité que je suis à votre service ; oui, longtemps ! Et même plus longtemps que ça encore, puisqu'il s'agit de ma vie entière ! Et ce que j'ai considéré de plus précieux en cette vie, c'était ma fidélité à votre personne. Et de vous, en retour, pour tout ce que je vous ai donné, ce ne furent que coups de pied, insultes, brimades... Mais aujourd'hui, Fouad, pour la première fois, je vais vous demander une faveur, et j'espère que vous accepterez : je suis rompue et mes pieds me tuent ; je vous supplie de me les masser.

La tête de Fouad quand il entendit ces paroles sortir de la bouche de Kijakazi ! S'il avait cru qu'un jour viendrait où elle lui dirait ça ! Il eut envie d'éclater, mais il n'avait d'autre choix que de se contrôler s'il voulait éviter de montrer à la servante combien ses paroles avaient fait mouche ! Il fit mine de rire, un rire faux sur fond de cruauté et dit à Kijakazi :

– Et pourquoi ne te masserais-je pas les pieds, alors que tu es une vieille femme harassée ?

Tout en se disant prêt à masser les pieds de la

servante, il était loin de supposer qu'elle oserait lui allonger sous le nez ses pieds crottés. Il croyait peut-être qu'elle avait envie de plaisanter, mais pour Kijakazi, l'heure n'était certes pas à badiner. Au contraire, c'était l'heure de vérité. Fouad tenta à nouveau de sauver la mise avec ses paroles de miel :

– Écoute, Kijakazi ! Toi et moi, nous devons nous entraider. Il faut que tu m'aides, et moi, je dois aussi te donner un coup de main. Je vois que tu es debout depuis longtemps : assieds-toi donc sur une chaise et repose toi un peu.

Pour la première fois il invita la vieille femme à s'asseoir dans sa chambre, alors qu'après une vie de travail dans cette maison, elle ne s'était pas assise une seule fois sur une chaise ! De la main il lui désigna l'emplacement du siège et feignit de l'inviter respectueusement à y prendre place.

Kijakazi n'avait pas prévu un développement de ce genre. Elle n'en crut pas ses yeux : Fouad l'invitait à s'asseoir sur un fauteuil ! Elle pensa qu'il essayait peut-être de voir si elle oserait vraiment se poser les fesses sur le velours. Mais qu'importe ?

Elle ne s'en faisait plus ! Elle s'assit sans scrupule sur le fauteuil et étendit ses jambes usées par les corvées.

– Allons ! massez-moi le pied, mon fils, supplia-t-elle.

Aux yeux de Fouad, la situation était extravagante. Ce jour-là, cette nigousse de Kijakazi, cette cruche plus bouchée que tous ses autres serviteurs, avait osé se mettre le derrière sur un fauteuil dans sa propre chambre ! Mais en vérité, Fouad était un homme fini ! Nu comme un ver ! Si Kijakazi s'était vraiment rendu compte de la situation, elle aurait pu faire de lui ce qu'elle voulait.

Pour sa part Fouad n'avait aucun mal à deviner d'où provenait le changement dans l'opinion de sa servante : elle avait nécessairement rencontré Mkongwé, qui l'avait endoctrinée. C'est pourquoi il se retint de maltraiter la vieille, craignant de s'attirer une nouvelle catastrophe. Aussi fit-il mine de prendre dans sa foulée les lubies de Kijakazi, elle qui, de sa vie, ne s'était jamais assise sur un siège pareil ! Elle avait l'impression d'être installée sur un trône. Sans hésiter, elle avait allongé ses jambes sales, dans l'attente des massages de Fouad.

Il jeta un rapide coup d'œil à ces jambes, qu'elle lui étendait sous le nez, et, dans sa stupéfaction, il demanda :

– Hé ! pourquoi as-tu des pieds pareils, Kijakazi ?

– Comment ça ?

– Des pieds dans cet état ! Pourquoi les as-tu laissés s'abîmer à ce point ? Pourquoi n'as-tu pas mis de chaussures ?

Elle avait les pieds rognés jusqu'à la moelle des

os. Crevassés, sillonnés, ils ressemblaient à deux parpaings. En vérité, ces pieds étaient un spectacle consternant.

– Pourquoi, Fouad ? C'est la première fois que vous me voyez les pieds ? lui demanda-t-elle en le regardant droit dans les yeux. Vous me demandez où sont mes chaussures. Mais avez-vous réfléchi ? Où est-ce que je les trouverai, ces chaussures, si vous ne m'en donnez pas vous-même ? Vous..., voulut continuer Kijakazi, mais Fouad la coupa net.

– C'est très simple : tu n'avais qu'à me le dire, et je t'aurais donné de quoi t'acheter une paire de chaussures ! Pourquoi me l'avoir caché ? Mais peu importe... Je vais te dénicher par-là une paire de vieilles savates, et je pense que ça fera ton bonheur.

– Combien de fois je vous l'ai dit, Fouad, mais vous n'avez jamais donné suite ! Je vous ai dit des milliers de choses ! Mais à chaque fois que je vous disais quelque chose, vous vous mettiez du coton dans les oreilles et faisiez mine de ne pas entendre ce que je vous racontais.

Il gardait le silence, les yeux par terre, confondu par son mensonge.

– Vous n'avez qu'à regarder l'état dans lequel sont mes pieds. Vous croyez ça normal, pour des pieds d'être humain, d'avoir une forme pareille ?, continua-t-elle à le sermonner.

Il découvrit les dents, eut un rire forcé et dit aussitôt :

– Faudra-t-il que je te dise que…

Il hésita un peu…

– Faudra-t-il que je te dise que tu n'as guère pris soin de tes pieds, Kijakazi ?

À ces mots, elle vit rouge, vraiment rouge et perdit toute patience. Elle explosa :

– Je n'ai pas pris soin de mes pieds ? Vraiment, vous êtes sans cœur ! Vous osez ouvrir la bouche pour m'accuser de m'être gâté moi-même les pieds ! Si j'ai les pieds dans cet état, c'est votre faute ! C'est le cadeau que j'ai reçu de votre part après une vie entière de labeur ! »

Outrée, elle en avait les lèvres qui tremblaient. Ça faisait longtemps qu'elle ne s'était pas fâchée rouge. Sa vie avait été de servir de cible à la colère des autres ; et la rage qui la secouait ce jour-là réunissait toutes les colères rentrées des années passées. Elle se moquait de savoir à qui elle s'adressait. Ce qu'elle avait sur le cœur depuis des années lui venait spontanément aux lèvres.

– Fouad ! je vous le dis clairement : à partir d'aujourd'hui – je vous répète : à partir d'aujourd'hui – je n'accepterai plus d'être traitée comme une esclave. J'ai eu mon compte ! Toute ma vie je vous ai servi ; désormais, il faut vous dire que je suis vieille ; il est temps que je me repose. Alors, toutes vos corvées – vous ôter vos chaussures et le reste —, vous les ferez vous-même.

Elle se leva et se dirigea vers la porte, furibonde.

– Écoute donc, toi ! J'ai compris ce que tu penses ; mais, je te préviens, pour tout ce que tu as dans le crâne en ce moment, sache que tu te fais des illusions. Voici longtemps que je savais que tu rencontrais Mkongwé et qu'elle te montait le bourrichon Mais je te croyais plus fine. J'ai l'impression que tu t'en es déjà laissée conter pas mal à propos de cette ferme coopérative ; mais tu sais qui est le patron là-bas ? demanda-t-il, virulent. Tu sais qui en est le chef ? Si tu le savais, tu ne te laisserais pas embobiner ! Je te le dis, si tu ne le sais pas : cette ferme coopérative du gang à Mkongwé, eh bien ! c'est moi qui en suis le patron ! C'est moi qui en suis le chef ! Ce que je te dis là est la pure vérité ; parce que tu ne sais pas qui je suis, Kijakazi ! Tu ne sais pas que c'est moi, Fouad, Fouad bin Malik, le fils de Malik bin Khalfan ? Alors tu ferais mieux de te remettre le cerveau d'aplomb, au lieu de prêter foi aux mensonges de ceux qui ne cherchent qu'à te berner.

Fouad prononça sa tirade l'air matamore, étalé sur son siège, dans le dessein d'impressionner Kijakazi.

– Menteur ! Hypocrite ! Maintenant vous n'avez plus rien ! Vous n'êtes plus rien, lança-t-elle très fort.

– Qu'est-ce que tu dis ? Tu oses me traiter de menteur, chienne ! Attends un peu ! Je ne vais pas être long à te régler ton compte, vieille sardine pourrie, éructa Fouad. Il se leva de son siège et partit au salon chercher un gourdin.

Kijakazi n'attendit pas son reste. Elle voyait bien que Fouad était hors de ses gonds ; il avait perdu tout contrôle de ses actes. Elle quitta précipitamment le palais.

En ressortant de son salon, une trique à la main, Fouad ne trouva plus Kijakazi. Dans sa furie, il s'abattit sur une bouteille de whisky, qu'il but d'un trait. Il tira une cigarette du paquet, l'alluma et s'installa sur son fauteuil, haletant de rage.

Kijakazi partit en courant chez Mkongwé. La vitesse à laquelle elle trottait était inexplicable ! À la voir filer, on n'aurait certes jamais dit une vieille femme, et toutes ces vallées qu'elle avait traversées en titubant l'autre jour, en compagnie de Mkongwé, cette fois-ci elle ne les voyait même plus ! Pendant sa course, elle avait mille et une pensées différentes à lui travailler les méninges. Les déclarations de Fouad selon quoi c'était lui le patron de la ferme coopérative s'étaient gravées dans sa tête. Elle était déterminée, sitôt arrivée chez Mkongwé, à lui demander de faire le maximum pour chasser Fouad de la communauté. Elle se disait que s'il y commandait, il se comporterait de la même façon que chez lui et ferait expulser tous les travailleurs de la ferme. Elle prépara mentalement tout ce qu'elle allait dire à Mkongwé et ne s'arrêta pas avant d'avoir atteint la coopérative.

Sitôt arrivée, elle se mit en quête du pavillon de Mkongwé. Elle était plantée au milieu de la cour du domaine, réfléchissant à la direction à suivre pour parvenir à son but. Et dans cette cour, il n'y avait pas âme qui vive ! Personne à qui demander le chemin !

Pendant qu'au centre du terre-plein elle regardait ainsi à droite et à gauche, un homme apparut, dans son dos : un jeune, bien découplé, en pantalon bleu et chemise blanche. Il portait des bottes en caoutchouc qui lui montaient jusqu'aux genoux ; il avait rentré le bas de son pantalon dans ses bottes. Sur la tête, un grand chapeau de palmes tressées. Kijakazi regarda le jeune gars, éberluée. Et avant qu'elle n'ait pu retrouver sa langue, il lui demandait :

– Dites-moi, ma mère, vous cherchez quelqu'un ?

– Oui, monsieur ! Je cherche Mkongwé !

Elle était épuisée. L'homme s'en aperçut, à la façon dont elle vacillait comme un papayer dans le vent.

– Vous voulez voir Mkongwé, hein ? Vous allez la trouver là-bas, dans cette étable, lui expliqua le jeune homme, en lui indiquant du doigt la direction des étables. Parce que vous n'êtes pas du coin ?

– Si ! Je suis du coin ! Je suis native du district de Koani, mais je n'ai guère bougé…

– Et comment vous vous appelez ?

– Kijakazi. Je suis en place chez Fouad.

– Ah ! je vois..., dit-il en secouant la tête, parce que tous ceux qui travaillaient sur la ferme connaissaient l'histoire de Fouad. Moi, je m'appelle Machano.

Et Machano tendit aussitôt la main à Kijakazi en signe de bienvenue.

Elle faillit s'évanouir de surprise. Jamais personne ne lui avait encore donné une marque de respect pareille ! Elle ne se souvenait pas d'avoir jamais été saluée d'une poignée de main.

– Allons-y ! Je vais vous montrer où se trouve Mkongwé, suggéra le garçon.

– Je te suis, mon fils !

Machano marchait devant, Kijakazi derrière ; en chemin elle commença à grommeler : « Tu sais ce qu'il raconte : il dit que vous êtes des imbéciles ! Il paraît que vous êtes des idiots ! »

Machano se retourna brusquement et la dévisagea : il ne comprenait rien à son charabia.

– C'est à moi que vous causez ?, demanda-t-il.

– Mais oui !

– Qu'est-ce que vous voulez me dire ?

– C'est une calamité !

– De quoi vous parlez ? Pourquoi cherchez-vous à m'affoler ? Qu'est-ce que cette histoire de calamité ?, insista Machano.

Il eut soudain très envie d'entendre Kijakazi,

parce qu'il se rendait compte que cette pauvre vieille avait un gros souci. Au lieu donc de la conduire chez Mkongwé, il l'amena de l'autre côté de la cour et s'assit avec elle sur un banc installé sous un oranger.

– Asseyez-vous ici, madame, et expliquez-moi de quelle calamité il s'agit, lui dit-il.

Elle eut l'air terriblement gêné et dit brusquement au garçon :

– Je ne suis pas une dame, moi ! Je ne suis que Kijakazi !

– Si ça vous fait plaisir, je vous appellerai Kijakazi tout court ! Racontez-moi donc cette calamité !

Sitôt assise sur son banc, elle se mit à rapporter à Machano les prétentions de Fouad. Mais elle était tellement impatiente qu'elle ne savait par quel bout commencer. Elle se mettait à raconter une chose ; avant d'avoir terminé, elle se lançait dans une autre. Avec ses idées, elle pensa que ses histoires allaient faire bondir Machano et qu'il battrait le rappel de tous ses camarades pour l'entendre... Au lieu de ça, il se contenta de se lever doucement de sur le banc ; il regarda Kijakazi d'un œil apitoyé et lui dit :

– Écoutez, Kijakazi ! Pour des informations comme celles que vous avez, il faudra que vous voyiez le responsable de la coopérative.

– Eh ! Et moi qui croyais que c'était toi le patron ici ?

– Non ! ces informations ne me concernent pas. Moi je suis un simple assistant au département des plantations de cette ferme.

Kijakazi, dépitée, commença à tancer Machano qui refusait d'écouter ses révélations.

– Ces informations ne te concernent pas ? Mais elles vous concernent tous ! Plantations ! Plantations ! De quel profit vous seront-elles, vos futures plantations, si vous laissez Fouad diriger ici ? Il vous détruira tout ce que vous avez ! Il vous chassera de votre travail !

– Qui est-ce qui vous a dit que nous avions laissé le contrôle à Fouad ? demanda Machano, les yeux écarquillés.

– C'est lui qui dit qu'il est le patron ici.

Machano regarda Kijakazi droit dans les yeux et rit :

– Écoutez, ma mère : comme je vous l'ai dit, ces informations ne me concernent pas, et maintenant je suis pressé ; parce que nous sommes en ce moment au laboratoire : nous recherchons les moyens de faire deux récoltes de riz par an sur cette ferme ; mais attendez ici ; ne bougez pas ; je vais vous appeler le responsable tout de suite et lui, il viendra écouter vos explications, poursuivit Machano.

À ces mots il laissa Kijakazi assise sur son banc

toute seule, tandis qu'il se rendait lui-même directement au bureau du responsable.

Kijakazi resta sur le banc et jugea que Machano l'avait laissée tomber, la prenant pour une demeurée. Elle se dit que les informations qu'elle détenait étaient dénuées d'importance peut-être, ou que le responsable n'aurait pas le temps de l'écouter. Elle se disait qu'il la prendrait peut-être pour une sotte ou une vieille folle. Mille pensées lui passèrent par l'esprit, et pour finir elle résolut de partir, d'aller n'importe où, excepté chez Fouad. Avant d'avoir quitté, elle entendit un fracas épouvantable au-dessus de sa tête.

– Votre attention, s'il vous plaît ! Votre attention, s'il vous plaît ! On demande le responsable sur l'esplanade sous l'oranger. Il y a quelqu'un qui veut le voir.

C'était la voix qui sortait du haut-parleur attaché à un poteau derrière l'oranger.

Kijakazi sursauta ; elle voulut s'enfuir. Mais après coup, elle reconnut que ce tapage était destiné à appeler le responsable, pour qu'il vienne la voir. Elle s'en trouva confortée et regagna sa place sur le banc.

Pendant de longues minutes, elle resta assise sur son banc sans voir personne venir. C'était la fin de la journée : l'après-midi s'achevait, la nuit approchait. Il faisait moins chaud. Elle posa les pieds sur le banc et souffla un instant.

Elle allongea son dos, que la course avait brisé, et immédiatement, sans même s'en rendre compte, commença à somnoler. Elle était plongée dans ce demi-sommeil lorsque soudain elle vit un homme debout devant elle. Il était jeune et grand ; la chemise qu'il portait était déboutonnée jusque sur la poitrine ; il avait l'air de quelqu'un qui avait délaissé un travail important. Kijakazi se croyait en plein rêve mais quand elle ouvrit les yeux une deuxième fois, elle se rendit compte qu'elle ne rêvait pas du tout : il y avait bel et bien un homme en face d'elle.

Elle se redressa hâtivement ; elle se leva, devinant que c'était là le responsable qu'elle avait attendu. Elle le dévisagea : c'était quelqu'un qu'elle avait le sentiment de connaître, mais qu'elle n'avait pas vu depuis longtemps. Après un examen attentif, elle le reconnut effectivement : c'était Vouaï ! Quelle ne fut pas sa surprise de trouver que le responsable de la ferme coopérative n'était autre que ce Vouaï, qu'elle avait bien connu du temps où ils travaillaient ensemble chez Fouad !

Elle se souvenait parfaitement du jour où Vouaï s'était fait chasser de la plantation ; et elle était de ceux qui l'avaient considéré comme un imbécile et qui l'avaient brocardé pour ses actes au point qu'il avait fini par se faire chasser par Fouad.

Le garçon était encore plus stupéfait de découvrir que la personne qui voulait le voir n'était autre que Kijakazi. Il la connaissait bien et se souvenait des serments, des promesses qu'elle avait faits de rester fidèle à Fouad jusqu'à sa mort. Il fut tellement ébahi qu'il lui dit :

– Ça alors ! Kijakazı ! Si je m'attendais à vous voir ici ! C'est vous la personne qui souhaite me parler ?

– Oui, c'est moi.

Ravi de la revoir, il lui tendit la main et demanda :

– Vous me reconnaissez ?

– Je te reconnais.

– Et qui suis-je ?

– Je le sais, mais ça fait bien longtemps qu'on est séparé. N'es-tu pas le Vouaï avec qui on travaillait chez Fouad ?, demanda Kijakazi.

– C'est exact, répondit le gars. Alors qu'est-ce qui vous amène Kijakazi ? Le soleil est bientôt couché et vous voici loin de chez vous.

– Vous êtes venue me parler de Fouad ? poursuivit Vouaï.

– Comme tu l'as deviné, c'est ce qui m'amène ici, répliqua Kijakazi d'un seul souffle.

– Parce que vous êtes encore chez Fouad ?

– Telle que tu me vois, je sors de chez lui, mais je ne crois pas que j'y retournerai.

Vouaï, qui était resté debout pendant toute la conversation avec Kijakazi, s'assit sur le banc à côté d'elle et commença à la questionner.

– Ah bon !... Et qu'est-ce qu'il raconte,

Fouad ? Il t'envoie nous demander quelque chose ?

Kijakazi brûlait d'impatience de livrer à Vouaï son secret sur Fouad, ce qui l'amenait à s'embrouiller dans ses explications. Elle ne savait par où commencer et se mit soudain à s'écrier :

– C'est un brigand ! C'est une fripouille !

– Je sais, lui répondit le jeune homme en lui tapotant l'épaule.

– Toi, Vouaï, tu es au courant des manœuvres de ce gredin... Et ça ne vous empêche pas de le mettre à la tête de votre ferme ? Tu sais très bien comment il réduit les gens en esclavage et comment, quand il donne un ordre, il faut l'exécuter séance tenante ! Quand il veut quelque chose, il faut que ça se fasse, par la porte ou par la fenêtre. S'il te dit de lui ôter ses chaussures, tu n'as d'autre choix que de les lui ôter sur le champ, et si tu tardes d'une seconde, il te décoche aussitôt une ruade. Il n'a pour vous aucun regard, il vous méprise, il vous hait ! Il affirme que vous êtes des ignorants ! des imbéciles ! des idiots !

Kijakazi s'étendit longuement sur les méfaits de Fouad. Elle avait complètement oublié que Vouaï avait été l'un de ceux que Fouad avait traités en esclave du temps où il travaillait sur la plantation.

Elle raconta comment Fouad l'obligeait à lui enlever ses chaussures ; comment un jour il l'avait chassée de sa chambre... toute la litanie !

Le garçon écoutait Kijakazi en silence ; manifestement elle avait le cœur gros et beaucoup à dire sur les avanies subies chez Fouad. Il considéra sage de la laisser épancher sa rancœur, bien qu'il n'ignorât rien lui-même des pratiques du planteur.

Puis il la prit doucement par l'épaule et dit en secouant la tête :

– D'abord, d'où tenez-vous que c'est Fouad le patron ici ?

– C'est lui qui me l'a dit, s'écria Kijakazi.

– C'est un mensonge ; il cherchait à vous tromper, peut-être dans le but de vous effrayer.

– Ainsi ce n'est pas lui le chef ici ? Il ne faisait que se vanter, alors ? demanda-t-elle.

Suffoquée, bouche bée, elle regardait Vouaï, les yeux écarquillés. L'homme, lui aussi, était muet ; entre eux deux, le silence dura un petit moment. Ce fut Vouaï qui le rompit :

– Sans même parler d'être le patron ici, s'il voulait être un simple membre de cette communauté, nous ne lui permettrions pas, parce qu'avec ses conceptions de gros propriétaire terrien, il ne pourra jamais se donner sincèrement à la culture ici. Il voudra forcément imposer des mesures de sabotage.

– C'est la vérité ! La vérité pure ce que tu dis là !, s'exclama Kijakazi.

Vouaï se tut, la fixant dans les yeux. À voir la

manière dont son long esclavage l'avait usée avant l'âge, il ressentit une profonde pitié. Pendant qu'il la regardait, son esprit se mit à vagabonder ; il commença à revoir l'époque où lui-même était employé sur le domaine de Fouad. Il se souvint des sévices endurés, du mépris dont on les abreuvait. Et soudain il se rappela le jour où Fouad avait voulu prendre Mkongwé de force et s'était introduit en catimini dans sa cabane. Puis un autre souvenir vint chasser le précédent : il revivait le jour où Fouad l'avait doublé sur la route alors qu'il rentrait d'une réunion à Kijangwani. Tandis qu'il se remémorait tous ces jours de misère, il oublia totalement que là où il était, on lui parlait. Soudain il sursauta comme quelqu'un qui se réveille brusquement et une question lui vint aussitôt sur les lèvres :

– Maintenant, Kijakazi, qu'est-ce qui vous a empêchée, pendant tout ce temps, de venir vous joindre à nous ici ?

– Ma bêtise, répondit-elle spontanément.

– Et maintenant, quand vous allez partir d'ici, vous allez retourner chez Fouad ?

– Dieu m'en garde ! Je suis prête à disparaître n'importe où, mais je ne retournerai pas chez ce salaud, cet impudent qui n'a ni cœur ni âme.

– Alors, écoutez, Kijakazi. Nous tous qui vivons ici, nous sommes comme vos enfants. Ce qui vous est arrivé, nous est arrivé exactement pareil, sauf que pour vous ç'a été pire que pour nous. Mais c'est ainsi que va le monde : il y en a toujours pour qui c'est pire. Maintenant, je vous conseille de venir ici vous joindre à nous qui sommes tous vos enfants ; travaillons ensemble ! Vous serez un membre à part entière de cette ferme coopérative ; vous aurez exactement les mêmes droits que n'importe quel autre membre ; alors, qu'en pensez-vous ?

Elle avait peur de répondre par oui ou non mais elle dit brusquement :

– Ah ! je crois que vous n'aurez pas besoin d'une vieille comme moi dans votre coopérative. Je n'ai plus la force de travailler ; et un endroit comme celui-ci a besoin de gens robustes aptes au travail.

– Alors, vous n'êtes venue ici que pour nous raconter votre histoire sur Fouad ?, lui demanda Vouaï, sourire entendu sur les lèvres. Puis il poursuivit :

– Kijakazi, grand âge ou pas, nous vous prendrons dans notre ferme. Vous resterez ici un certain temps, et le gouvernement révolutionnaire du Parti Afro-Shirazi a un grand projet pour les gens de votre âge. On est en train de construire des maisons spéciales pour vous à Sébouléni, soyez rassurée. Comme je vous l'ai dit, ici nous sommes tous comme vos enfants, et nous vous vénérerons comme notre mère. Vous, Kijakazi, vous avez une longue expérience des soins à accorder aux troupeaux et nous serions heureux si vous pouviez transmettre à nos jeunes vos connaissances en ce domaine. Ils seront toujours prêts à s'instruire à vos côtés. Nous espérions que vous vous seriez jointe à nous il y a longtemps, mais vous vous êtes fait attendre. Venez, Kijakazi ! Venez vivre avec nous ici.

Elle bondit de joie ; et dans son élan elle saisit la main de Vouaï qu'elle voulut embrasser ; mais il retira précipitamment sa main et dit :

– Kijakazi, il faudra perdre cette habitude. Ici nous sommes tous membres égaux de la ferme coopérative et il n'y a pas de supérieur parmi nous à qui on doive baiser la main. Vous serez l'une des nôtres ici ; mais d'abord il faudra vous reposer et aller vous faire soigner au dispensaire. Maintenant, vous devez retourner chez Fouad chercher vos affaires avant de revenir ici.

– Qui ? Moi ? Je n'ai rien du tout là-bas chez Fouad. Tout ce que je possède, ce sont ces hardes que je porte, dit Kijakazi comme quelqu'un débarrassé d'un lourd fardeau.

Un hurlement strident la fit soudain sursauter. Elle avait les oreilles qui bourdonnaient, assourdies. Elle voulut prendre la fuite, mais elle vit aussitôt des groupes de gens qui sortaient des différents bâtiments. Il était six heures du soir et c'était la sirène indiquant la fin de la journée de travail.

De loin, Kijakazi vit un groupe de femmes pressées ; parmi elles, Mkongwé, après qui elle courut en criant. Quand elle parvint à sa hauteur, elle la prit dans ses bras, fondant en larmes.

– La vérité, ma petite ! Tout ce que tu m'as dit, c'est la vérité pure, dit-elle à Mkongwé en se frottant le visage sur les épaules de la fille.

Mkongwé ne répondit rien. Le groupe de gens qui sortaient du travail encerclèrent Kijakazi qui gardait Mkongwé dans ses bras et pleurait. Tout le monde avait envie de voir Kijakazi parce qu'ils entendaient parler d'elle depuis longtemps.

– Calmez-vous, mon amie ; calmez-vous, ma mère. Ne pleurez pas. Maintenant vous êtes chez nous, et nous vous attendions tous avec impatience. Allez ! Rentrons ! La jeune femme prit la main de Kijakazi, qu'elle mena jusqu'à son pavillon.

Vouaï s'enquit auprès de Mkongwé :

– Où penses-tu que Kijakazi va dormir, ce soir ?

– Peu importe. Je suis prête à dormir n'importe où, répondit rapidement la vieille femme, en s'essuyant les yeux.

– Elle va dormir avec moi ; elle prendra le lit ; je vais étendre la natte par terre ; moi, je dormirai dessus. Bienvenue parmi nous, mon amie, dit Mkongwé.

– Merci, ma fille, merci !

Mkongwé conduisit Kijakazi jusqu'à sa chambre où elles passèrent ensemble cette première nuit.

Fouad se retrouva seul. Pour lui la situation ne

faisait qu'empirer. Finalement il ne supporta plus de vivre à Zanzibar. Il s'enfuit clandestinement en canot ou en pirogue peut-être, pour une destination inconnue.

INDEX

baraza : banquette extérieure en dur, incorporée au mur d'une habitation, où les occupants s'asseoient volontiers, seuls ou non, pour lire le Coran, se reposer, converser avec parents, amis, voisins, passants...

daku : repas principal servi vers minuit les nuits de Ramadan.

gombesugu, maumbua, gonga : danses locales des îles (Zanzibar et Pemba).

ibadhi : d'obédience ni chiite, ni sunnite, mais kharijite, la secte musulmane des Ibadites prévaut encore aujourd'hui au Mzab algérien, à Ouargla, dans l'île tunisienne de Jerba, à Zanzibar et Pemba ainsi qu'en Oman où le droit ibadite reste doctrine officielle.

kanga : pièce d'étoffe légère, imprimée. Les femmes tanzaniennes se drapent d'un ou deux *kanga* qui sont souvent brillamment colorés, voire ornés de proverbes ou de slogans.

kanzu : a) pour les hommes : robe à manches longues, allant des épaules aux pieds, en tissu blanc ou marron, souvent plus ou moins brodée, portée notamment à la mosquée et les jours de fête ; b) pour les femmes : robe ample, blouse.

kofia : couvre-chef ordinaire des hommes de Zanzibar et Pemba ; par sa forme, cette calotte rappelle le fez ; elle n'en a cependant ni la hauteur ni l'épaisseur ni la couleur ; il est fréquent de voir les hommes des îles (Zanzibar et Pemba) occupés à en ajourer de délicates broderies de coton blanc ou marron.

makubadhi : sandales entièrement en cuir, cousues main en fil blanc, à semelle épaisse de nombreuses couches. Le cuir rouge-brun (la teinture est extraite des palétuviers) est repoussé et bosselé. J'ai vu des artisans en fabriquer encore à Chake Chake, Pemba, en avril 1979.

shahada : profession de foi du musulman (« Il n'y a d'autre Dieu qu'Allah… »).

shuka : long pagne d'homme en coton léger, couramment porté à Zanzibar, Tournbatou, Pemba…

taarab : musique, que n'accompagne aucune danse, propre aux populations de la côte tanzanienne et des îles, où l'influence de la musique orchestrale arabe est notable. Dans la seule ville de Zanzibar, il existait en 1979 plusieurs orchestres de *taarab,* identifiés à tel ou tel quartier, et tous amateurs.

POSTFACE

Zanzibar : fiction/réalité

Un roman sur Zanzibar ?

Tout lecteur de romans normalement constitué, séduit par les consonances du nom, sera a priori porté à imaginer un conte à base de sultans, d'esclaves et de palmes. Et qui ne sait au juste où situer Zanzibar dans l'espace et le temps sera d'autant plus enclin à placer ce lieu-dit, dégagé de tout support terrestre, sur le terrain du mythe : fragment résiduel d'un Orient fabuleux, vert paradis des senteurs et des sens tapis volant de nos fantasmes, envers de nos rationalismes. Cette forme d'existence, qui se nourrit de son imprécision même, est aussi une forme de réalité — de celle qui provient de la fiction : à situer dans quelque âge d'or dont les feux atténués persistent à la lisière de la modernité.

En témoignent les quelques ouvrages littéraires évoquant Zanzibar parus depuis un quart de siècle : Zanzibar *d'Alfred Andersch*[1]*, où ce lieu symbolise le rivage imaginaire de la liberté que rêvent d'atteindre les très jeunes héros du roman soumis à la servitude nazie ;* La conquête de Zanzibar[2], où *Jean Cau invite*

(1) *Éditions du Seuil, 1960, traduit de l'allemand.*
(2) *Gallimard, 1980.*

ses compatriotes de l'Europe néocoloniale à reprendre possession d'un Tiers-Monde sensé nous rappeler l'enfance ; Zanzibar[3] *de la Britannique M.M. Kaye, saga historico-tropicale narrant les tribulations d'une jeune Américaine au cœur pur découvrant les horreurs de la traite des Noirs telle que la pratiquait encore le sultanat arabe de Zanzibar au siècle dernier...*

Territoire privilégié de la fiction romanesque, Zanzibar semble ne pouvoir exister qu'en dehors du temps présent, entre la nostalgie et l'anticipation, ne cessant d'être une enclave du passé mythique que pour servir de tremplin à la science-fiction, comme dans Tous à Zanzibar *de l'Anglais John Brunner*[4].

Bien plus : dès ses premières pages, le roman d'Adam Shafi, Les girofliers de Zanzibar, *plongeant le lecteur dans un décor de ramboutans et de pamplemoussiers baigné du parfum du jasmin et de l'ylang-ylang, semble encourager une lecture résolument tropicale du texte.*

À ceci près que Les girofliers de Zanzibar *est un roman sur Zanzibar* qui nous vient de Zanzibar.

Du coup la perspective change radicalement. Premièrement Zanzibar n'est plus un pays-fétiche de l'imaginaire (occidental) ; ce nom ne fait pas que chanter. Décrochée du ghetto exotique, l'île aux épices devient un avant-poste de la géo-politique contemporaine.

---

(3) Trade Wind, *traduit de l'anglais, Albin Michel, 1982.*
(4) Stand on Zanzibar, *traduit de l'anglais, R. Laffont, 1972.*

Deuxièmement, né à Zanzibar, où il a grandi, l'auteur n'a pas eu à rêver son décor de cocotiers : les palmes ont bercé son enfance. Elles font partie de son quotidien et les girofliers n'y sont ni plus ni moins exotiques que les pins chez François Mauriac ou les chênes dans les romans de Thomas Hardy. Adam Shafi écrit de l'intérieur des Tropiques, ce qui exige du lecteur occidental qu'il conçoive Zanzibar comme un lieu réel, à portée d'avion, un lieu d'où lui parvient soudain l'onde de choc d'une Révolution. Troisièmement, en effet, le roman d'Adam Shafi met en scène un événement contemporain : la Révolution du 12 janvier 1964 qui a mis fin au sultanat omani de Zanzibar. C'est le récit d'une rupture, sanglante, avec une société féodale (arabe) et coloniale (britannique) sans doute plus proche des Mille et une Nuits *que du castrisme ou de Mao Ze-Dung. Si Adam Shafi a d'abord fait place à l'orientalisme, c'est pour mieux lui tordre le cou et pouvoir renouer, comme on le verra, avec la vraie culture swahilie.*

Or le Zanzibar réel, qui n'est plus le simple produit de la fiction, est d'une complexité que rien dans ses versions exotiques ne laissait deviner.

Des îles à géométrie variable

Il est certes facile de situer Zanzibar, et Pemba, son île sœur, sur le globe terrestre : la première, par 6°10 de latitude sud et 39°12 de longitude est, longue de 85 km, large de 39 ; Pemba, 40 km au nord-est de

Zanzibar, 67 km de long sur 23 de large ; les deux îles regroupant au moins 500 000 personnes.

Il ne suffit pas toutefois de connaître la position géographique de ces deux îles pour en reconnaître l'identité. Certes elles appartiennent à l'océan Indien, soumises à ses influences et prises dans ses courants d'échanges, comme les Comores, les Mascareignes ou les Seychelles. Mais en même temps, Zanzibar et Pemba ne sont-elles pas reléguées sur les marches de ce vaste continent maritime, échappant au gros de ses activités ?

On les rattachera alors à l'Afrique dont elles sont si proches. La masse du continent noir ne semble les abriter au creux de son flanc oriental que pour mieux les phagocyter. Mais la trentaine de milles marins qui les sépare de l'Afrique constitue un fossé irréductible, facteur de très grande insularité.

Marginalisées dans l'océan Indien qui les baigne, extérieures à l'Afrique qui les côtoie, ces deux îles ne se définissent vraiment ni par rapport à la terre, ni par rapport à la mer. C'est au vent qu'il faut rapporter Zanzibar et Pemba.

Situées en bout de course de la mousson qui souffle de l'Inde vers l'Arabie de décembre à mars chaque année, et qui s'inverse de juin à octobre, elles lui doivent quatre mille ans de contacts avec l'Orient. Le va-et-vient du vent a façonné leur paysage, bâti leur civilisation et suscité leur langue, le swahili, dont Zanzibar est le berceau — langue de structure bantoue riche de mots d'origine arabe[5].

Zanzibar, don du vent

Deux mille ans déjà avant J.-C., les princes marchands de Saba, Tyr ou Tarshish venaient sur la côte orientale de l'Afrique. Pour commercer, non pour piller. Ils prenaient femme ; ils étudiaient les langues de la côte. S'ils s'installaient, ils étaient absorbés par les peuples au milieu desquels ils vivaient tout en donnant à la civilisation côtière une orientation arabe. Constamment renforcés d'Arabie et du Golfe arabo-persique, ils ne perdirent jamais tout à fait leur per-sonnalité. Ainsi est née la culture swahilie[6]*, authen-tique synthèse africaine d'éléments non africains. Indiens, Persans, Arabes Indonésiens, Malais, Chinois, Africains se rencontraient de Mogadiscio à Sofala au Mozambique, d'où étaient embarqués pour l'Orient l'or et l'ivoire acheminés du Zimbabwe.*

Avec l'expansion arabe liée à la naissance de l'Islam, à partir du VIIe *siècle une nouvelle forme de colonisation apparaît sur la côte : nombreux sont les dissidents et réfugiés d'Arabie et de Perse — de Shiraz notamment — qui s'y établissent : chiites et kharéjites frottés d'hérésies persanes. Les premières villes islamiques de la côte sont alors fondées. Elles resteront dominées ou très influencées par des groupes diri-*

---

(5) *Le swahili, langue maternelle à Zanzibar et Pemba, n'est le plus souvent qu'une deuxième langue pour les Tanzaniens continentaux.*

(6) *De l'arabe* sawahil*, rivage, littoral.*

geants arabes. Mais par le jeu des unions mixtes, ces dynasties s'africanisent, dotant en retour la civilisation de la côte de plus en plus d'Islam. On a identifié soixante-cinq sites de cette période, notamment sur de petites îles aisément conquises, puis défendues.

Aux XIIIe *et* XIVe *siècles, un grand nombre de ces comptoirs évoluent en cité, en s'islamisant complètement, en même temps que la demande de produits africains* (7) *connaît une formidable expansion (effet des Croisades, influence italienne avec Gênes et Venise). Avant de mourir en 1193, Saladin, déjà maître en Égypte, avait envoyé son frère conquérir l'Arabie du sud-ouest, ce qui par contrecoup accéléra l'islamisation de la côte orientale de l'Afrique. Tant les poèmes lyriques et épiques florissant à l'époque que les villes côtières (telle Kilwa qu'Ibn Battouta visita en 1331) témoignent d'une culture africaine graduellement islamisée. De la fin du* XIVe *siècle à la fin du* XVe *— c'est-à-dire entre l'ouverture de nouvelles routes terrestres du Turkestan vers la Mongolie et celle de la route maritime du Cap par les Portugais —, les Arabes furent les maîtres absolus des échanges. C'est l'apogée de la civilisation swahilie. En 1414 l'empereur de Chine reçoit une girafe offerte par Malindi. Rivales, les quelque trente-sept villes qui jalonnent la côte ne constitueront jamais un empire dominé par un pouvoir unique ni n'auront jamais d'influence profonde dans l'arrière-*

---

(7) *Ivoire, corne de rhinocéros, carapaces de tortues, ambre gris, cuivre, esclaves…*

pays continental. Très islamisées, elles restent très africaines : le tambour y symbolise l'autorité. On y parle le swahili.

« Nous cherchons des chrétiens et des mines » (Vasco de Gama). En doublant le Cap de Bonne-Espérance en 1486, les Portugais voulaient prendre l'islam à revers et faire sauter le verrou arabe entre l'Europe et les Indes. En 1502 Zanzibar est soumise. En un siècle les Portugais, l'arme au poing, briseront le commerce millénaire de l'océan Indien. Si la civilisation indienne ne peut être effacée, la civilisation swahilie est moins riche et plus fragile, sans racine à l'intérieur du continent. Les cités marines, populeuses et tolérantes, ceintes de remparts et couronnées de palais, peuplées de terrasses blanches — ce monde commercial plus riche, plus large, que tout ce que l'Europe connaissait alors, fut mis à sac par de Gama, d'Albuquerque, d'Almeida.

Encouragées par les Turcs, certaines des villes côtières se rebellent contre les Portugais. Après qu'Ibn Saif eut chassé les Portugais d'Oman en 1650, la côte swahilie connaîtra un siècle de navettes sanglantes des Portugais et des Omanis appelés à la rescousse par les Swahilis. Tenus en échec par les Omanis, concurrencés par les Français, les Anglais et les Hollandais, les Portugais se replient sur la seule côte du Mozambique en 1750, d'où ils s'élanceront désormais directement vers l'Inde.

Vainqueurs des Portugais, les Omanis renforcent leur emprise sur la côte orientale de l'Afrique. En

1840, Saïd, sultan d'Oman depuis 1806, choisit de transférer sa capitale de Mascate à Zanzibar où il encourage la traite négrière et la culture de la girofle dont Zanzibar deviendra bientôt le premier producteur mondial. Certes, dès 1822, Saïd s'était engagé auprès des Anglais à ne plus vendre d'esclaves aux chrétiens : mais cette mesure visait surtout la France, grande importatrice d'esclaves à partir de 1735 dans ses « Îles à sucre » (Bourbon/Réunion et France/Maurice). En fait, de Zanzibar, Saïd développa la traite des Noirs en invitant des centaines de banquiers indiens à s'établir tant à Mascate qu'à Zanzibar. Ainsi étaient financées les grandes caravanes pénétrant le continent jusqu'au lac Victoria à la recherche de l'ivoire et du « bois d'ébène » Pour la seule année 1859, 19 000 esclaves furent importés — officiellement — à Zanzibar : la moitié furent exportés vers l'Arabie, l'Inde, les Mascareignes. En 1895, le consul britannique de Zanzibar (devenu Protectorat britannique en 1890), sur une population totale pour l'île de 208 700 habitants, estimait à 140 000 le nombre d'esclaves établis principalement sur les plantations de girofliers à l'ouest, où ils restèrent même après l'abolition de l'esclavage en 1897, des saisonniers venus du continent les rejoignant les années suivantes. Tous ces Africains adoptaient l'Islam, religion de leurs maîtres omanis, ainsi que certaines coutumes swahilies.

Deuxième groupe par le nombre après les Africains, les Swahilis, établis sur l'île avant l'arrivée de Saïd et l'importation massive d'esclaves pour tra-

vailler sur les plantations, durent alors vivre repliés sur eux-mêmes, repoussés par les barons-planteurs du sultan omani vers les terres arides à l'est et au sud à mesure que les riches terres de l'ouest se couvraient de girofliers. Le souverain swahili, le Mwinyi Mkuu, relégué au centre de l'île, devait payer tribut à Saïd.

Les Arabes formaient deux groupes distincts : une aristocratie de planteurs proches du sultan, qui, après l'abolition de l'esclavage, en vinrent souvent à hypothéquer leurs domaines auprès des usuriers indiens. Les autres, Arabes Mshihiri venus de l'Hadramaout, étaient boutiquiers, dockers, vendeurs ambulants de café...

Les Indiens, peu nombreux, tenaient les finances du sultanat. Hindous Otl musulmans, ils étaient méprisés par les aristocrates omanis et haïs par les Africains victimes de la traite. Beaucoup étaient citoyens britanniques.

Le 12 janvier 1964

À la veille de la Révolution, Zanzibar était une société multiraciale, mais cloisonnée de barrières d'exploitation économique et de haine raciale.

C'est l'alliance des Africains et des Swahilis au sein du Parti Afro-Shirazi (A.S.P.) qui permit à la Révolution de vaincre. Dénonçant en bloc les féodaux arabes, les capitalistes indiens et les impérialistes européens, l'A.S.P. remporta cinq sièges sur six aux élections de 1957 et demanda que Zanzibar fût officielle-

ment proclamée « État africain ». En 1961 l'A.S.P. remporte la moitié des suffrages, mais seulement dix sièges contre treize à une coalition pro-arabe. Des émeutes éclatent alors, faisant soixante-huit morts, dont soixante-quatre Arabes. Les élections de 1963, alors que les Britanniques s'apprêtent à octroyer l'indépendance à leur Protectorat de Zanzibar, donnent 54 % des voix à l'A.S.P., mais seulement treize sièges sur trente et un ! Le 9 décembre 1963 l'indépendance est proclamée dans l'indifférence des Africains et des Swahilis. Le 4 janvier 1964 le sultan interdit le parti Umma animé par des marxistes arabes proches de l'A.S.P. et il purge la police de ses membres africains suspects de sympathies pour l'A.S.P. Ces policiers licenciés n'ayant pas tous rejoint le continent, prirent part à la Révolution du 12.

14 635 personnes sont censées avoir péri lors de la Révolution, dont 80 à 90 % d'Arabes et 8 000 le premier jour... La terre, nationalisée, fut redistribuée aux paysans et citadins. Le 21 février le swahili devint seule langue officielle. La Grande-Bretagne reconnut le nouveau régime d'Abeid Karumé le 25 février[8].

Dans le roman d'Adam Shafi aucun rappel de la longue histoire de Zanzibar ne vient interrompre le récit de la Révolution. C'est que l'auteur s'adresse en priorité à un public qui porte cette histoire dans le sang et qui la vit chaque jour. Bien plus que de célébrer l'histoire glorieuse des îles, le roman célèbre la reprise en main de son histoire par le peuple swahili de Zanzibar[9].

Deux personnages, fortement contrastés, dominent l'intrigue : le maître, Fouad, riche planteur arabe dont l'opulente demeure est sise au cœur de l'île parmi ses girofliers ; l'esclave, Kijakazi, femme usée avant l'âge, dont le nom même est synonyme de pauvresse.

L'action, qui se déroule principalement sur la plantation du Seigneur Fouad, a pour toile de fond l'agitation pré-révolutionnaire qui gagne l'île entière et dans laquelle Vouaï, jeune employé de chez Fouad, se trouve de plus en plus impliqué. Pendant que le Maître part vendre sa récolte de clous de girofle à la ville et que la fidèle Kijakazi attend, la mort dans l'âme, le retour du débauché, Vouaï participe aux rassemblements clandestins ou publics organisés par le Mouvement Nationaliste des Patriotes.

Dès lors le heurt entre Vouaï et Fouad est inéluctable ; chassé de la plantation Vouaï est conduit par les insurgés dans une « zone libérée » clandestine au nord de l'île, avec pour mission d'assurer la liaison avec le domaine de son ancien patron.

Au cœur du roman une brève et forte deuxième

---

(8) *Sheikh Abeid Karumé, président de Zanzibar et vice-président de la Tanzanie, fut assassiné à Zanzibar en 1972. Son successeur Aboud Jumbe démissionna en 1984 aloes qu'était découvert à Zanzibar un complot antisocialiste visant à détacher les îles du continent. Son successeur est Ali Hassan Mwinyi.*

(9) *Depuis sa parution en 1978,* Les Girofliers de Zanzibar *reste le roman swahili le plus lu en Tanzanie.*

partie met en scène la Révolution : la dernière main mise aux préparatifs, le déclenchement de l'insurrection par une chaude nuit de l'été austral dans la poussière et les tam-tams des danses populaires, l'attaque sanglante des casernes, de la radio, des commissariats, et la fuite éperdue vers le port du sultan et de sa cour s'empêtrant dans leurs longues robes blanches.

Se met alors en place à la campagne une réforme agraire qui va opposer de front Fouad et le nouveau pouvoir populaire. Sous les yeux ébahis de Kijakazi, Fouad accueille hypocritement en son palais de jeunes révolutionnaires chargés de préparer le démembrement de son vaste domaine en parcelles allouées aux anciens employés de Fouad. Ce dernier, furieux d'être ainsi spolié, s'efforce de saboter les projets gouvernementaux, tout en se jetant dans une débauche effrénée.

Une nuit, en revenant de Zanzibar, Fouad, ivre au volant, se blesse à la jambe. Impuissant, cloué au lit, il n'a plus que sa vieille nourrice, Kijakazi, sur qui déverser sa colère. Ébranlée par l'exode de ses compagnons qui ont rejoint la toute nouvelle coopérative du village, et abreuvée de coups et d'insultes par un ci-devant seigneur vil et déchu, Kijakazi, peu à peu, en viendra à rompre avec Fouad. Elle finit par fuir à son tour pour rejoindre la coopérative que dirige Vouaï, l'homme emblématique du nouveau Zanzibar.

En cherchant à saisir, parmi les causes et les développements de la Révolution du 12 janvier 1964 les agents authentiques du changement, Adam Shafi

Adam retrouve la force motrice de l'histoire de Zanzibar : le peuple afro-shirazi — c'est-à-dire swahili — qui, se réappropriant sa terre et sa culture, reprend la maîtrise de son avenir sur la base d'un passé dont il avait été dépossédé.

Battez, tambours !

Les circonstances romanesques du déclenchement de la Révolution — le rassemblement du peuple le soir du 11 janvier 1964 pour danser au rythme des tambours — sont plus symboliques qu'anecdotiques. Rien de plus populaire à Zanzibar que ces danses : gombesugu, gonga, maumbua. *C'est l'Afrique noire qui donne ainsi le coup d'envoi à la Révolution. En battant le rappel du peuple jusqu'au cœur de l'île, le tam-tam africain prend possession de la ville où règne en usurpateur un sultan omani.*

Lorsqu'en 1977, an XIV de la Révolution, le gouvernement des îles décida de monter une troupe nationale de danse, c'est à trois Guinéens qu'il fit appel. Au cours des mois passés à parcourir les villages de Zanzibar et de Pemba pour recruter les futurs danseurs et collecter rythmes, contes et chants, ces trois Africains de l'Ouest allaient découvrir combien le poids des interdits imposés au peuple swahili par plus d'un siècle de colonisation omanie et quatre-vingts ans de « protection » britannique avait souvent enfoui les pratiques populaires dans l'oubli ou la gêne. Appel fut fait à la mémoire des anciens. Peu à peu sur le terre-

plein des villages membres et langues se délièrent. On ressortait de vieux instruments de musique. On se souvenait de tel ou tel pas de danse, comme si l'île, qui refoulait encore son africanité, sortait d'un long sommeil et revenait à soi. En 1979 le premier ballet conçu et dansé par la troupe nationale de Zanzibar eut pour thème l'exil du dernier Mwinyi Mkuu supplanté par le sultan omani.

L'île révolutionnaire a non seulement renoué avec son histoire authentique enfouie sous les décombres d'une double invasion omanie et britannique, mais elle entend la faire connaître à l'extérieur, par la danse et le roman notamment. Ainsi le message scandé par les tambours de Zanzibar dans la nuit du 11 au 12 janvier 1964, devrait-il faire le tour du monde.

Une civilisation pour demain

Les vents du commerce continuent de souffler. Rares pourtant sont aujourd'hui les boutres qu'ils amènent et qu'ils emportent. Quand on coupe un pays de ses fleuves, a écrit William Burroughs, homme du Mississippi, on tombe dans la bureaucratie. Qu'est-il arrivé à Zanzibar du jour où elle fut, le 12 janvier 1964, coupée du vent ?

Zanzibar a dû redéfinir sa position dans le monde. Moins fixe que jamais, pendant les trois mois qui ont suivi l'explosion révolutionnaire, l'île a paru tournoyer sur elle-même, pour finalement braquer les yeux sur Dar es-Salaam.

Île africaine : telle est aujourd'hui sa position, depuis ta fusion avec le Tanganyika continental le 26 avril 1964, date de naissance de la République Unie de Tan-zan-ie[10].

Mais que pèsent vingt ans face à quatre millénaires ? Si Zanzibar et Pemba sont entrées dans une ère nouvelle, elles n'ont pas changé de nature. Oscillant entre la convoitise et l'oubli, elles ne sont que la résultante des rapports de force des puissances environnantes, elles-mêmes soumises au jeu des super-puissances. Époque cruciale de leur histoire où les deux îles vivent entre un passé arabo-indien quatre fois millénaire et un avenir qui se veut plus africain que jamais ; ouverture à l'Occident, influence de l'Islam militant, présence des pays de l'Est, coopération avec Cuba, la Chine et la Corée du Nord...

Menace ou richesse ? Pareille diversité de forces actives sur les îles, doublant le cosmopolitisme ancestral de la population locale, est-elle le signe d'une synthèse réussie entre toutes races, tous intérêts, toutes influences — « melting-pot » du troisième millénaire, creuset d'un monde nouveau, ou les prémices d'une foire d'empoigne où chacun de son côté cherche à façonner l'avenir à son goût ?

Au moment où la plupart des îles de l'Océan Indien revendiquent leur africanité et se veulent « nègres de préférence » ou « nègres de combat »[11]*, Zanzibar fait figure de modèle. Sans doute le choix*

(10) *La volonté du président Nyerere fut alors décisive.*

était-il moins problématique pour cette antique Zandjbar, ou Côte des Noirs : l'Afrique noire se voit mieux de Zanzibar que des Mascareignes. Mais la force de la Révolution de 1964 tient à l'alliance des Africains de Zanzibar — les descendants des esclaves — et des Swahilis : alliance scellée par le brassage voulu des sangs. Ainsi la société swahilie jetée aux oubliettes de l'histoire pendant un siècle d'occupation omanie et anglaise, a-t-elle su puiser dans un apport africain massif le sang neuf à l'origine de sa renaissance. Pareille évolution témoigne du génie propre à cette société qui se définit par sa capacité d'accueil et de métissage et par une égale volonté de combattre ceux qui rejettent ces valeurs : aristocrates omanis, « protecteurs » britanniques, partisans de l'apartheid.

Portée par le refus du cloisonnement et de la discrimination, la langue des Swahilis a vocation à s'étendre, non par l'empire et la guerre, mais par l'échange. Aujourd'hui lingua franca *pour cinquante millions d'Africains, de la Somalie au Limpopo, du Congo aux Comores, elle ne peut que répandre avec elle les valeurs constitutives de la civilisation swahilie : responsabilité populaire et mélange des sangs.*

Jean-Pierre Richard

---

(11) *« Je ne dis pas nègre de couleur / Mais nègre de combat comme Lumumba d'Afrique. » extrait de* Tiembo le rein *du poète réunionnais Alain Lorraine.*

TABLE

collection motifs

1 - Martin Amis, *Le Dossier Rachel*
2 - Émile Ollivier, *Mère-Solitude*
3 - Marina Warner, *Un père égaré*
4 - Sergi Pàmies, *Aux confins du fricandeau*
5 - Margaret Atwood, *Faire surface*
6 - Patrick Boman, *Le Palais des Saveurs-Accumulées*
7 - Edilberto Coutinho, *Onze au Maracanã*
8 - Albert Londres, *Terre d'ébène*
9 - Wilson Harris, *Le Palais du paon*
10 - Velibor Colic, *Les Bosniaques*
11 - Kenji Miyazawa, *Traversée de la neige*
12 - Albert Londres, *Pêcheurs de perles*
13 - Timothy Findley, *Guerres*
14 - Quim Monzó, *... Olivetti, Moulinex, Chaffoteaux et Maury*
15 - James Purdy, *Je suis vivant dans ma tombe*
16 - Albert Londres, *Le Chemin de Buenos Aires*
17 - Lygia Fagundes Telles, *Un thé bien fort et trois tasses*
19 - Còstas Hadziaryìris, *Le Peintre et le pirate*
20 - Benjamin Tammuz, *Le Minotaure*
21 - Kenji Miyazawa, *Train de nuit dans la voie lactée*
22 - Albert Londres, *Marseille, porte du Sud*
23 - Jean Galmot, *Un mort vivait parmi nous*
24 - Abdourhaman A. Waberi, *Le Pays sans ombre*
25 - Marcel Rouff, *La Vie et la passion de Dodin-Bouffant, gourmet*
26 - Gobineau, *La Danseuse de Shamakha*
27 - Raymond Cousse, *Stratégie pour deux jambons*
28 - James Purdy, *Chambres étroites*
29 - Jean Galmot, *Quelle étrange histoire*
30 - Adam Shafi Adam, *Les Girofliers de Zanzibar*
31 - Velibor Colic, *Chronique des oubliés*
32 - Marcel Rouff, *Les Devoirs de l'amitié*
33 - Octave Mirbeau, *Contes de la chaumière*
34 - Timothy Findley, *Le Dernier des fous*

35 - Saintine, *Picciola*
36 - Lygia Fagundes Telles, *L'Heure nue*
37 - Albert Londres, *Tour de France, tour de souffrance*
38 - Natsume Sôseki, *Botchan*
39 - Emmanuel Dongala, *Jazz et vin de palme*
40 - Claude Tillier, *Mon oncle Benjamin*
41 - Kjell Askildsen, *Les dernières Notes de Thomas F.*
42 - Reinaldo Arenas, *Adiós a Mamá*
43 - Albert Londres, *La Chine en folie*
44 - Albert Londres, *Chez les fous*
45 - Albert Londres, *Les Comitadjis*
46 - Olivier Saison, *Lux*
47 - Octave Mirbeau, *Dingo*
48 - Mats Wägeus, *Scène de chasse en blanc*
49 - Marcel Rouff, *Au grand Léonard*
50 - Théo Varlet, *Le Roc d'or*
51 - Nkem Nwankwo, *Ma Mercedes est plus grosse que la tienne*
52 - Aminata Sow Fall, *Le Jujubier du patriarche*
53 - Moacyr Scliar, *Le Carnaval des animaux*
54 - Dritëro Agolli, *L'Homme au canon*
55 - Georges Darien, *Biribi*
56 - Hasse Bildt Lindegren, *Le Maraudeur*
57 - Richard Lesclide, *La Diligence de Lyon*
58 - Gaston Leroux, *L'Agonie de la Russie blanche*
59 - Albert Londres, *Au bagne*
60 - Étienne Goyemidé, *Le dernier Survivant de la caravane*
61 - Iouri Mamléiev, *Chatouny*
62 - Albert Londres, *Le Juif errant est arrivé*
63 - Dany Laferrière, *Le Charme des après-midis sans fin*
64 - Kenji Miyazawa, *Le Diamant du Bouddha*
65 - John Hawkes, *Le Gluau*
66 - Yotam Reuveny, *Du sang sur les blés*
67 - Albert Londres, *Dante n'avait rien vu*
68 - Lygia Fagundes Telles, *La Structure de la bulle de savon*
69 - José Donoso, *Ce lieu sans limites*
70 - Carmen Boullosa, *Duerme, l'eau des lacs du temps jadis*
71 - Arturo Uslar Pietri, *Les Lances rouges*
72 - Dany Laferrière, *Pays sans chapeau*
73 - Ook Chung, *Nouvelles orientales et désorientées*

74 - J.-M. Coetzee, *Au cœur de ce pays*
75 - Natalia Ginzburg, *La Mère*
76 - Hilda Hilst, *Contes sarcastiques*
77 - Guillaume Clémentine, *Le Petit Malheureux*
78 - Yanagita Kunio, *Les Yeux précieux du serpent*
79 - Hwang Sun-Won, *La Petite Ourse*
80 - Caroline Lamarche, *J'ai cent ans*
81 - Albert Londres, *L'Homme qui s'évada*
82 - John Cheever, *Falconer*
83 - Abdourahman A. Waberi, *Cahier nomade*
84 - Nathalie Kuperman, *Le Contretemps*
85 - Earl Lovelace, *La Danse du dragon*
86 - Gisèle Pineau, *La Grande Drive des esprits*
87 - Henri-Frédéric Blanc, *Le Lapin exterminateur*
88 - Romesh Gunesekera, *Récifs*
89 - Dany Laferrière, *Comment faire l'amour avec un nègre sans se fatiguer*
91 - Amin Zaoui, *Sommeil du mimosa*
92 - lydia Lunch, *Paradoxia, journal d'une prédatrice*
93 - Abdulrazak Gurnah, *Paradis*
94 - Trevor Ferguson, *Train d'enfer*
95 - Margaret Atwood, *La Petite Poule rouge vide son cœur*
96 - Raharimanana, *Lucarne*
97 - Roland Bechmann, *L'Arbre du ciel*
98 - Ciril Kosmac, *La Ballade de la trompette et du nuage*
99 - Helen Simpson, *Quatre jambes nues*
100 - Dany Laferrière, *Le Cri des oiseaux fous*

Impression réalisée sur CAMERON par

BUSSIÈRE

GROUPE CPI

à Saint-Amand-Montrond (Cher)
en août 2006

Dépôt légal : août 2006.
Numéro d'impression : 062877/1.

Imprimé en France